その日、一つの出会いがあった。
本来はぶつかることはあっても、
交わるはずのない関係性の二人は
一人の男の存在によって友となった。
アカリ
「私はアカリです〜」
ローリエ
「貴女のお名前を伺ってもいいですか？」
悪役令嬢の父親に転生したので、妻と娘を溺愛します3
akuyakureijo no chichioya ni tensei shitanode
tsuma to musume wo dekiai shimasu

カリス
サーシャ
バジル
温泉は良いものだ。
家族で入るのなら尚のこと良し。

ローリエ
ミント
セリュー
オニオン
転生してから色々と手回しして
静養地として専用の旅館を作ってみた。

ローリエ
ローリエは十五歳の誕生日を迎えて、
今年から学園に入る。
そう、乙女ゲームの物語の舞台に
通うことになるのだ。
打てる手は全て打った。
ローリエがこの先をどう歩くのか――
親として支えつつ見守らせて貰おう。
愛娘の行先に幸あれ――。

悪役令嬢の父親に転生したので、妻と娘を溺愛します3

akuyakureijo no
chichioya ni
tensei shitanode

tsuma to musume wo
dekiai shimasu

yui／サウスのサウス

ill.花染なぎさ

contents

akuyakureijo no chichioya ni
tensei shitanode tsuma to musume wo dekiai shimasu

第一章　十歳のあれこれ

時が経《た》つのは早いものだ。

特に子供の成長は凄く早い。

我が家に新しい家族ができて、更に賑《にぎ》やかになったと思っていたら気がつけばローリエの十歳の誕生日を終えていた。

側《そば》で見てきたはずなのに、本当にあっという間に大きくなっていく。

「えへへ。お父様好きー」

甘えん坊な所はまだまだ変わらないけど、背丈も伸びて大人びてきてる。

親離れも近いのかと思うと少し寂しい気もするけど、可愛《かわい》い娘の成長は素直に嬉しい。

親心とは誠に複雑なものだ。

王太子であるセリュー様の婚約者という立場になって、王妃教育も受けるようになって色々と大変だろうけど、ローリエは頑張ってくれている。

俺と二人きりかサーシャと二人きり、または俺とサーシャと一緒の時は前よりも甘えてくるようになったけど、頑張ってる我が子へのご褒美《ほうび》としては足りないくらいだ。

そんなローリエだけど、下の妹弟《きょうだい》達の前ではお姉ちゃんの顔も見せるようになっている。

ミントとバジルも大きくなってきた。

もう四歳になるか。転生してきた時のローリエより少し幼いくらいだろうか？

ヤンチャな所もあるけど元気に育ってくれてるので、親としては嬉しい限り。

そして、その下にもう一人男の子が生まれた。

名前はオニオン。数えで二歳になる。

笑顔が可愛いうちの末っ子は、人懐っこくて、愛され系な子でミントのような天真爛漫《てんしんらんまん》さを持ちつつ、バジルのようなマイペースさも併せ持つ不思議な子だ。

ローリエ、ミント、バジル、オニオンと四人の子供に恵まれたのだから、我ながら幸せ者だ。

妻のサーシャが頑張ってくれたからこそこの幸せはある。

だからこそ、感謝の気持ちを込めて……いや、それだけではないな。

愛する妻を愛《め》でるのが夫の役目——という名目もフル活用しつつ、それ以上に俺が大好きなサーシャを存分に愛してイチャイチャする。

どれだけ愛でてもまだまだ初《うぶ》な反応をする我が妻が可愛すぎてついついやりすぎてしまうのだけど、サーシャが可愛すぎるから仕方ない。

無論、お仕事も忘れてはいないのですよ。

煩《わずら》わしい貴族の柵《しがらみ》や子供達の将来のためにやることはきちんとやる。

そして、忘れちゃならないのが乙女ゲーム関連のこと。

ローリエが悪役令嬢にならないように、悲惨《ひさん》な未来を回避できるように打てる手は全て打つ。

愛娘《まなむすめ》を不幸にしてたまるものか。

そんな訳で、俺——カリス・フォールは何年経とうが平常通り妻と子供達を全力で愛しております。


「どーん！」

そんな言葉と共に寝ている俺の上に乗ってくるミント。

寝起きドッキリのような起こされ方だけど、カリスさんの場合寝ててもある程度気配で分かるのでドッキリにはならないのだが……可愛い娘を避《よ》けるような真似ができる訳もなく、毎朝の恒例になりつつある。

早起きなミントの最近のマイブームのようだ。

「……ミント、おはよう」

「おはよう、ぱぱ！」

ニコニコと笑みを浮かべる我が娘のミント。

我が家の次女はかなりヤンチャでお転婆《てんば》なのだが、そこがまた可愛い。

「おはよう、ミント。その起こし方はダメって教えたでしょ」

そうこうしてると一緒に寝ていたローリエも、先程のミントのダイブで目を覚ます。

お姉ちゃんモードのローリエの言葉に実に天真爛漫にミントは答える。

「おはよう、ねえさま！　きをつけます！」

そう答えてから、ミントは「さきにいってるねー！」とすぃーっと部屋を飛び出して行ってしまう。

あの素早さは、朝食のメニューに好物があると知ってる素早さだな。

微笑《ほほえ》ましい。

「もう、ミントってば……。おはようございます、お父様」

「うん、おはようローリエ」

慌ただしいミントに苦笑してから、ローリエが朝の挨拶《あいさつ》をしてくる。

パジャマ姿もバッチリ似合う愛娘はミントが完全に去ったのを確認してから、ころんと甘えるように俺の膝《ひざ》に横になる。

「こらこら。二度寝はダメだよ」

「えへへ、ごめんなさいお父様。でも少しだけ」

妹弟達の前ではお姉ちゃんモードでいたいローリエだけど、そうでない時は素で甘えてくる。

背伸びばかりだと疲れるし悪いことじゃないと思う。

反抗期まであと何年猶予《ゆうよ》があるか……俺もこの時間を楽しむとしよう。

着替えて朝食のために部屋を出ると、ユリーに抱っこされたバジルが丁度通りかかる。

「おはよう、バジル。またユリーに抱っこして貰ってるのか」

「うん」

「悪いなユリー」

「……いえ、役得です」

「えへへ。ゆりー」

「……はい、バジル様」

双子の弟で、我が家の長男のバジルは世話役の侍女《じじょ》のユリーにベッタリだ。

お祖母《ばあ》ちゃん子でもある。

お父様としてはもう少し息子と触れ合いたいけど、母上とユリーがバジルを独占してるので仕方ない。

あまりユリーにベッタリだと今後何かしら支障がある可能性もなくはないけど、無理に引き剝《は》がすこともないし、徐々にというところが妥当だろう。

甘えたい盛りなのは分かるしね。

それに、お転婆なミントに比べて大人しい子なので側で言葉を聞ける人がいた方が良いというのもある。


食堂に着いてしばらくすると、オニオンを連れたサーシャもやって来る。

「おはようございます、旦那様」

「おはようサーシャ」

朝の挨拶として、頰《ほお》に軽くキスをする。

どさくさに紛れてここ最近取り入れてみたのだけど、良いねこれ。凄くいい。

「オニオンもおはよう」

「よー」

末っ子のオニオンはまだあまり言葉が話せない。

成長がゆっくりなのだろう。俺としても急ぐことはないと思いながら元気そうな末っ子の頭を撫《な》でる。

こうして家族六人が揃《そろ》って朝食を摂《と》るのだが、母上がたまに交じってくる以外は実に平和だ。

俺の方の仕事も家族で過ごせるように決めた時間で終わるように頑張ってる。

こういう家族の団欒《だんらん》は大切にしたいしね。

「こら、ミント。食べる時は立ち上がってはダメですよ」

「はーい！」

全く悪気がなく、心から返事をしているのでサーシャも少し困ったように微笑む。

ミントは悪気はないけど元気すぎるからなぁ。

まあ、そのうち落ち着くだろう。

「お父様、今日はセレナ様が来るんですよね？」

「うん、少し相談したいことがあってね」

「相談？」

「確かローリエも午後は空《あ》いてるんだよね。セレナ様も今日は空いてるようだし遊ぶといいよ」

「ありがとうございます、お父様」

そんなやり取りをしている横で、嫌いなものをユリーに食べさせて貰うことでなんとか努力して食べようとしてるバジルの姿が。

微笑ましいねぇ。

あと、努力家な息子で誇らしいよ。

オニオンも離乳食から普通の食事に切り替わりつつあるけど、好き嫌いは少ないようで大変偉い。

そんな風に和《なご》やかに食事を摂ってから、俺はジークにお仕事へと連れ出されるのだった。

鬼執事め。

❋

「制服ですか？」

「ええ、折角なので作ろうかと」

その日、セレナ様に相談したのは学園の制服について。

今現在、学園の経営権は俺が持っており、改革も進めているのだが、その一環としてこれまでなかった制服を作ろうかと思い至った次第。

「なるほど、確かに今の学園にも乙女ゲームの学園にも制服はなかったですね」

「ご協力願えますでしょうか？」

この王女様は俺と同じく転生者であり、俺よりも乙女ゲームを熟知している。

借りを作りすぎるのは良くないけど、裁縫スキルや人脈を考えてもこの手のことには噛《か》ませておくべきだろうというのがここ数年での俺の結論。

何より、制服の導入については向こうにもメリットがある。

「分かりました。手を貸しましょう」

予想通り答えはイエス。

「ふふ……これでマクベスくんの制服姿が見られる」

うん、実に欲にまみれた笑みだ。

「制服姿の私にどんな反応するかしら」

ノリノリなようで何より。

セレナ様もあと二年もすれば学園に通える年齢になる。

その前には導入できるだろうし、ローリエが通う頃までにはある程度新制度を周知しておきたいので、王女様にはその為の広告塔になって貰うつもりだ。

本人もこちらのその意図に気づいているからだろう。

「帰りの手土産はガトーショコラで良いですよ」

と、抜け目なくストレートに対価を求めてくる。

相変わらずの王女様だ。

「そういえば、今日はこの後セリューの稽古《けいこ》だったかしら？」

「そうですね」

「《剣鬼《けんき》》様から見てうちの弟はどうかしら？」

からかうような問いかけだけど、弟の状況をたまにしか見られてないので気になるのだろう。

素直に答えるか。

「天才ですね。その上素直で努力家なので飲み込みも早い」

まだまだ粗はあるけど、騎士団の訓練に交じってもついていける程度にはなったと思う。

あの歳《とし》でここまで強い子は世界中探してもセリュー様くらいだろう。

本人の元からの資質もあるけど、何よりも努力の積み重ねがあってこそのもの。

日々、俺の想定を超えようとしてくるので、あの子はカリスさん以上に強くなるかもしれない。そんな風にさえ感じさせる程だ。

「誰かさんに早く追いつきたいんでしょう。あとどれ位でお婿《むこ》さんとして認めて貰えそうかしら？」

「最低でも本気の私に一太刀《ひとたち》入れられればでしょうか」

「それはそれは。随分と遠い目標ですこと」

「それとローリエとセリュー様双方の合意が無ければ結婚とはならないので」

「婚約者なのにね」

「あくまで、婚約者〝候補〟ですから」

「はいはい。でも、ローリエさんはともかくセリューは時間の問題でしょうね。自分の気持ちにまだ気づいてないだけですし」

最初の学園祭の頃からだろうか？

セリュー様が無意識にローリエを想うようになったのは。

まだ本人は気づいてないけど、それも時間の問題か。

ローリエは年々可愛くなってるし、切っ掛け一つで一気にその気持ちを自覚するだろう。

ローリエ本人はセリュー様をそこまで意識はしてないけど、悪い印象は持ってないし、あのまま真っ直ぐ育って好青年になれば……有り得なくもないのか？

「……そうなっても、ローリエが選んで幸せだと言える道なら父として応援しますよ」

「その言葉の間に葛藤《かっとう》が見え隠れしてるけど？」

「気のせいでは？」

「そう。なら構いませんね」

楽しげなセレナ様。

可愛い弟と妹のように可愛がってる友達がくっ付くのが嬉しいのか、はたまた俺の父としての複雑な気持ちを見てるのが楽しいのか。

何にしてもモヤモヤは後でサーシャ達に癒《いや》して貰うとしよう。

俺の剣術の教え子の中で、一番熱心で才能があるのがセリュー様だ。

その次がマクベスなのだが、こちらは表面上はそこまでやる気があるようには見えない。

かといって勝ち負けに興味がない訳ではなく、試合となると勝ちに行こうとする負けん気はある。

そんなマクベスを見てうっとりしてるのがセレナ様なのだが、そのセレナ様の存在があると、それまでとは一転してやる気満々状態になるのがマクベスという少年なのだ。

相思相愛ということで納得しておく。

「では、始めましょうか」

「よろしくお願いします！」

本日はマクベスや他の教え子はおらず、セリュー様と二人きりの稽古となる。

ただ、やるべきことはいつもと変わらない。

基礎をやってから、俺と手合わせ。

セリュー様の成長に合わせて、俺の方の動きも徐々に速く鋭くしていく。

無論、セリュー様の成長具合に合わせてるので体を壊すような無茶なものではないけど、ぶっちゃけキツイ扱《しご》きだと思う。

それでも、セリュー様は楽しそうについてくる。

俺に……目標に近づくのが嬉しいのか、その一歩ずつの前進が楽しいように、憧れに近づく様子は見てて悪くない。

だからこそ、この子の成長に期待してしまっている自分がいるのかもしれない。

乙女ゲームの攻略対象としてのセリューではなく、目の前の真っ直ぐな少年のセリュー様の方が好ましいというのもあるけど。

「動きに無駄が多すぎます。もっと全身を使って」

「分かりました！」

「足元への意識が薄すぎです。手練《てだれ》ほど隙をつくのも作るのも上手い。その辺を忘れないように」

「はい！」

心做《こころな》しか、メンタルも強くなってきてるように思える。

この扱きのお陰ではないだろうが、昔のように兄への劣等感に苛《さいな》まれるだけの子でもなくなったのだろう。

何がセリュー様を変えたのか。

俺なのだろうけど、あまり実感はない。

ただ、本人が前を向いて頑張ってるのなら背中を押してあげたいというのが大人としての本音だ。

「では、今日はここまで」

「はぁ……はぁ……ありがとうございました！」

本日の稽古も恙無《つつがな》く終わる。

疲れきってその場に座り込んでしまうけど、ついてこられるだけ大したものだ。

「前よりも良くなってきましたよ」

「ほ、本当ですか!?」

「ええ、この調子なら次の段階に行くのにもそう時間はかからないでしょう」

「頑張ります！」

スポドリもどきを渡しつつそう言うと大変嬉しそうに笑うセリュー様。

最近はこの笑みでご令嬢達だけでなく、ご夫人達も魅了してるご様子。

ウチの妻と娘達以外だけどね。

ローリエはこの笑みにはまだ捕らわれてないし、ミントはその辺分かってないから特に問題なし。

「あの、フォール公爵。もう少しだけお時間貰えませんか？」

少し休憩してからセリュー様がそんなことを言い出す。

「稽古なら今日はもう終わりですよ」

「分かってます。無理はしません。前にフォール公爵から言われましたから」

それはセリュー様に稽古を付け始めたばかりの頃。

帰ってから無理して時間を作って自主稽古を増やしていたことがあって、その時に注意したことを覚えているのだろう。

自主稽古は良いことだけど、セリュー様の場合体ができる前に無理をするべきではない。

だからこそ、ここでの稽古だけで十分以上、目標に真っ直ぐ最短で進めて、強くなれるように教えると言って聞かせたことがあったなぁ。

「その……少しだけ、一緒にキャッチボールして欲しいのですが……ダメでしょうか……？」

この後の予定は……まあ、大丈夫か。

「分かりました。やりましょうか」

「……！　あ、ありがとうございます！」

バジルやオニオンが大きくなってから一緒にやろうと思っていたキャッチボールなのに、セリュー様とやることが多いなぁ。

まあ、何となく放っておけないし、楽しそうだから良しとするか。

大人だって日々学んで進んでいく。

でなければ子供に先を見せられない。

そんなことを言ってたのは誰だったか。

俺は転生してから自分にできること、新しくしたいことにも挑戦している。

家族との時間を削ることなく、仕事に支障が出ないようにしてチャレンジの繰り返し。

その中の一つに薬学がある。

ローリエが風邪をひいた時に思ったのだ。

俺にその手の知識があればもっとできることがあったのではと。

風邪だったから良かったが、流行病《はやりやまい》で薬がなかった時はどうするか？

杞憂《きゆう》だろうと少しでもその穴は埋めたい。

薬に精通してる人間を抱え込むのも勿論《もちろん》必要だが、俺自身もその手の知識を持っててもいいのではないか。

俺自身、別段勉強が嫌いな訳ではないし、むしろ学ぶことは好きな方だ。

だからこそ、薬学の勉強を頑張った。

偏屈《へんくつ》な師匠に教わっているのだが、最近は薬の調合もできるようになってきた。

まだまだ未熟だが、数年以内にはもう少しマシになるだろう。

そうなるように頑張る。

「ちょいと小僧。おいで」

師匠はかなりの変わり者。

公爵相手に小僧呼びする老婆だが、薬の知識は恐らく大陸一だと思う。

俺のうろ覚えの前世の薬学の知識の補強もしてくれるしかなり良い人だと思う。

ただ、屋敷の人間にはこうして小僧呼ばわりされる場面は見せられないなぁ。

「どうかしました？」

「これを見な」

そう言われて見せられたのは毒草だった。

「モロバルロですね」

「ふん、少しは分かってきたみたいだね」

「そりゃあ、師が良いですから」

「そんな当たり前のことはいいんだよ」

謙遜《けんそん》という言葉はどうやら辞書にはないらしい。

まあ、実力は確かだしね。

「この時季はこれが山に多く生える。山菜と間違えて食う馬鹿たれが出やすいから、この解毒《げどく》を教えるよ」

「お願いします」

一見すると山菜と間違えやすいので、これで亡くなる人も多いんだとか。

もう少しこの手の知識も担い手がいればいいんだけど……将来的な課題かな。

しかし山菜料理か。

山の幸《さち》としては悪くないかも。

キノコの見極めもできるようになってきたので、毒キノコを採る心配も減ってきた。

今度、家族で登山も良いかもしれない。

一人の登山なら何度もやってるんだけどね。

体を鍛《きた》える一環として、山登りＲＴＡ《リアルタイムアタック》をたまにやってる。

五千メートル級の山が領地の一つの近くにあり、そこで鈍《なま》らないようにたまに体を動かしてる。

今のところ記録は五分。

……うん、言いたいことは分かる。

五千メートルの山を五分で駆け抜けるって人間業じゃないのかもしれないけど、事実五分なので仕方ない。

足場は悪く、危険な猛獣もいるのでタイムのブレはままあるが遅くても五分台。

カリスさんの人外っぷりに拍車がかかるが、使えるものは何でも使うつもりだ。

人間離れした身体能力しかり、今習ってる薬学しかり。

家族のために貪欲《どんよく》に使えるものは何でも使う。

それこそが俺のやり方だ。

ただ、表面上はそんな姿は見せないけどね。

サーシャやローリエの目に映る俺はカッコイイ俺でいたいし。

まあ、サーシャには気づかれてるかもだけど……優しい妻に心配をかけるような真似はしないさ。

必要な時だけね。

ただ、俺のこんな微々たる変化なんて子供の成長に比べたら些細《ささい》なものだと思う。

特にローリエの成長は凄いものだ。

我が愛娘ながら本当に立派になってきた。

身びいきなしにでもそう思う。

カリスが内緒の勉強をしている頃。

ローリエはとあるパーティーへと出席していた。

「本当によろしかったのですか、お嬢様？」

「必要なことですから」

「でも、ハインディヒ公爵のご令嬢は……」

「凄く、私のこと嫌ってますね」

ハインディヒ公爵はフォール公爵の派閥にもグリーン公爵の派閥にも入ってない中立の立場にある。

だが、そのご令嬢にローリエは目をつけられていた。

ローリエが何かした訳ではない。

ハインディヒ公爵のご令嬢がセリューのファンだからだ。

同じ公爵令嬢（力関係も同じとご令嬢には思われてる）なのに、選ばれたのはローリエの方。

王太子の婚約者という立場は高位の令嬢にとって唯一無二の肩書。

更に、セリューの活躍の影響もある。

セリューはカリスに師事《しじ》してから、王太子としてかなりの活躍をしている。

容姿も整っており、性格も温和で大人びている。

この国の同年代で一番人気のある人物がセリューなのだ。

なお、ローリエもかなり人気がある。

フォール公爵家の令嬢で王太子の婚約者という立場もそうだが、容姿も整っており、性格も穏やかで身分を問わずに優しく接する様子から《フォール公爵家の聖女》と呼ばれることもある程だ。

今回のパーティーはハインディヒ公爵令嬢からの招待。

仲の良くないローリエを招いた理由は一つ。

「私を自分のテリトリーに引き入れて、色々と好きにやりたいのでしょうね」

招待客もフォール公爵家の派閥の令嬢はおらず、ほとんどがハインディヒ公爵令嬢の取り巻きだろう。

それを分かった上でローリエはこの招待を受けた。

「お嬢様。何かありましたらこのミリアが何が何でもお嬢様をお守りします」

「ええ、頼りにしてます。でも、私は私でできることをしなくてはなりませんから」

ローリエがこうして対外向けな話し方（通称、外向けお姉ちゃんモード）をミリアにもするのは何となくだ。

同年代の侍女との初顔合わせの時に背伸びした結果そのままにしてる。

ミリアになら口調を戻してもいいのだが、普段から慣れてた方が外で話す時も楽だからだ。

「さて……では、行きましょうか」

ローリエが会場に入ると、話し声が途切れる。

演奏まで止めるよう裏で指示を出してるようで、演者が困惑しているが、ローリエは気にしない。

（こうして私を除《の》け者《もの》にする嫌がらせですか）

甘いなぁとローリエは思う。

ローリエがかつて体験した地獄に比べたら可愛すぎるくらいだ。

（お父様。ローリエは頑張ります）

この場にいるのはハインディヒ公爵令嬢の取り巻きやその関係者がほとんどだが、公爵などの当主達はいない。

それ故《ゆえ》にハインディヒ公爵令嬢は好き勝手できるのだが……それはローリエとて同じこと。

ローリエは優《ゆう》雅《が》な所作で階段を途中まで降りてから、ふわりと緩やかに宙《ちゅう》を舞う。

その突然の行動に驚くハインディヒ公爵令嬢達だが、あまりにも美しいローリエの動きとその綺麗な銀髪についつい目がいってしまう。

「綺麗……」

そう呟《つぶや》いた取り巻きの令嬢がはっ！　として、慌てて口を押さえるが、ハインディヒ公爵令嬢は気に留める余裕がなかった。

　ゆっくりと着地したローリエはまるで舞踊でも見せたようにそっと礼をしてから、会場の中心に入っていく。

「御機嫌よう、メルトリア様。ご招待頂き感謝致します」

「……え、ええ。よくお越しくださいました」

　何とか返事をしたハインディヒ公爵令嬢だったが、いきなりのカウンターに渋面《じゅうめん》を完全に隠せてなかった。

「素敵なドレスですね。もしやそれはリーゼット夫人の新作でしょうか？」

「え、ええ。そうよ。お父様に買って貰ったの。リーゼット夫人とお父様は仲良しだから」

　何とか一矢報いたいハインディヒ公爵令嬢はそう言ってまんまとローリエの提供した話題に乗ってしまう。

　元より自慢するつもりだったそのドレスは貴族の間でも人気の職人のリーゼット夫人作。

　本来なら手に入れるのだって大変なそれだが、ローリエが今着てるドレスはその比ではなかった。

「まあ、素敵ですね」

「貴女《あなた》のドレスは……見たことないわね」

「そうですね。これはセレナ様に作って貰った一点物ですから」

その言葉に会場がザワつく。

ローリエがセレナと仲が良いのは割と知られてるはずだが、ハインディヒ公爵令嬢やその取り巻きは知らなかったからだ。

第二王女セレナ。

彼女の作品は他国でも評価されるほどのもので、セレナ本人が気に入った人間にしかデザインしないと有名だからだ。

文字通り格の違う自慢だが、セレナ公認の策でもあるので問題なかったりする。

『もし必要なら、私の名前使ってもいいですよ』

ローリエの事を妹のように可愛がってるセレナの言葉である。

まあ、カリスへの貸しを作る一環でもあるが、ローリエを友として特別に思っているのも事実である。

その後、あの手この手でローリエの上を取ろうとするハインディヒ公爵令嬢。

だが、ローリエはそれらを優に超えていく。

残された手段が少なくなってきた頃……ハインディヒ公爵令嬢は最後の策に出た。

取り巻きの令嬢の一人に無言の指示を出す。

その合図で取り巻きの一人の令嬢が前々から用意していたグラスを持ってローリエへと近づく。

「ローリエ様。よろしければこちらもどうぞ」

「まあ、とても健康に良さそうな色ですね」

真緑のそれは青汁にいくつかの薬草を混ぜた特別製のものだ。

流石《さすが》に健康に害のあるものを出したら、ハインディヒ公爵家の名に傷がつくことくらいはハインディヒ公爵令嬢も分かってる。

なので、とびきり苦いドリンクによる嫌がらせを仕掛けたのだ。

(これが最後だとしたら拍子《ひょうし》抜《ぬ》けね)

ニヤついてるハインディヒ公爵令嬢達を眺めてから、ローリエはグラスを手に取る。

中身をゆっくりと回して軽く匂いを確認して、ローリエはそれを一口。

(苦いけど、悪くないかも)

そう思いながらゆっくりとグラスから口を離したローリエはニッコリと微笑んで言った。

「とても優しい味ですね。青汁に……数種の薬草が混ざってるようですね」

顔色一つ変えないどころか、ずばりと言い当てるローリエ。

「薬草は、エレンゲ草に、チリの葉、ユピタの葉にリッチリ草といったところでしょうか。

貴女」

　グラスを持ってきた少女に視線を向けるローリエ。

　その少女はローリエの言葉にびくりと震えて顔を伏せてしまう。

　そんな少女にローリエは優しく言った。

「とても薬草に詳しいのですね。知識は宝。素晴らしいことです」

「えっ……あ、あの……怒らないのですか……？」

「健康に良いものを相手に出して何が問題なのですか？」

「そ、それは……凄く苦いし……」

「良薬は口に苦し。良い薬ほど苦いのは当たり前です。それよりも貴女のその優しさと知識は何《いず》れ多くの人を救うことになるかもしれません」

「わ、私なんかがですか……？」

「名前を聞かせて貰えますか？」

「……フェルトです。フェルト・ルーデット」

「フェルトさんですね。覚えました」

　そう微笑んでから、ローリエはハインディヒ公爵令嬢に視線を向ける。

「メルトリア様。貴女は素敵な方です」

「な……」

「容姿も整ってますし、その負けん気はきっと殿方の心を掴《つか》んで離さないでしょう。ですが、お転婆も過ぎると大変なことになります」

「大変なこと……？」

「悪意には悪意しか返ってきません。私は貴女に悪意を向けたくありません。友達になりませんか？　メルトリア・ハインディヒ様」

そう言って手を差し出してくるローリエ。

ハインディヒ公爵令嬢は一連のあれこれで痛感してしまった。

己とローリエでは格が違うと。

それと同時に、ローリエの底知れない魅力に自分が取り込まれてしまったと。

（ああ――殿下はこれに心を奪われたのですね）

勘違いのようで勘違いでないハインディヒ公爵令嬢の答え。

悔しいが、ハインディヒ公爵令嬢はローリエに惹《ひ》かれてしまっていた。

その姿があまりにも美しく、その振る舞いがあまりにも凛々《りり》しく、そして――聖母のような優しい微笑みがハインディヒ公爵令嬢の心を掴んで離さなかった。

他の取り巻きの令嬢達も皆そうだった。

これこそが王太子の婚約者であると。

これこそが《フォール公爵家の聖女》なのだろうと。

そして最後に指示されて薬草入りの飲み物を渡したフェルトはローリエに頭を下げていた。

田舎貴族の娘と蔑《さげす》まれていたフェルトにそんな言葉をかけてくれた人は初めてだったからだ。

こうして、この日ハインディヒ公爵令嬢とその取り巻きはローリエの派閥へと入り、ローリエの友達となったのだった。

その娘の変化にあまりにも驚いたハインディヒ公爵がカリスに接触して、その人柄と力に親子揃って籠絡《ろうらく》されるのだが……それはまた別の話。

第二章　アカリ

頑張ってるローリエにご褒美《ほうび》をあげたい。

そんな思いで何が欲しいか聞いたら『お父様と一緒にお出掛けしたいです』と言われました。

うちの娘超可愛《かわい》い。

可愛い愛娘《まなむすめ》にそんなことを言われたら断るなんて選択肢は皆無《かいむ》。

なので頑張って時間を作って、本日は二人で王都にお忍びで出掛けていた。

「王都はやっぱり人が多いですね」

本日のローリエはシンプルなコーディネートで素朴な可愛さに溢《あふ》れてる。

何を着ても可愛いうちの娘だけど、お忍びファッションもベリーグッド。

「そうだね。はぐれないようにちゃんと手を繋《つな》いでるんだよ」

「えへへ、分かりました」

嬉しそうに俺の手を握ってくるローリエ。

家族で来るのも良いけど、たまには父娘《おやこ》水入《みずい》らずというのも悪くない。

無論、頑張ってくれてる妻へのご褒美もきちんと用意しているのだが、うちの家族は物欲が少なすぎると思うんだ。

しかもお願いしてくるのがいつも可愛いことばかり。

お出掛けにしてもそう。

「あ、お父様。あそこのお店の串焼きが美味《おい》しいそうですよ」

「それ、誰から聞いたんだい？」

「セレナ様です。あと、王妃様もオススメのお店を教えてくれました」

うん、想像通りの人達からのオススメだった。

セレナ様はまあ、あの通り自由人だからマクベスとお忍びデートで来たり、一人でもちょくちょく来ているのだろう。

王妃様もお忙しいだろうけど、何気に抜け目ないところがあるからお忍びなんて楽しげなことをしてるのだろうけど……それにしても、自由な王族だ。

「じゃあ、少し食べていこうか」

「楽しみです」

オススメされた露店の商品はどれもかなり美味しかった。

通ってるのか、セレナ様の特徴を覚えてる店主までいたほどだ。

「美味しいですね、お父様」

「そうだね。あ、ローリエ。口元ついてるよ」

「むぐぅ……ありがとうございます」

まだまだ無防備な所のあるローリエ。

いつもは気を張ってるだろうし、こういう時くらいはそういう素の部分を出しても問題ないだろう。

そう思う俺は甘いだろうか？

人間、頑張りすぎるのも良くないしたまには息抜きも必要。

ましてや、王妃教育という大変な勉強だけでなく、セリュー様の婚約者としての立ち振る舞いや行事なんかもあるんだから尚更《なおさら》だ。

この前なんか出席したパーティーで他のご令嬢に嫌がらせもされたとか。

まあ、それを見事に乗り切って尚且《なおか》つその令嬢達を自分の派閥に組み込んだと聞いて心底娘の成長に涙したものだが、それだけセリュー様の婚約者……王太子の婚約者という立場は大変なものだ。

セリュー様自身のモテ具合もあるけど。

年々ファンが増えてるようだし、男女関係なく魅了してる点ではうちの娘と良い勝負かも。

「ローリエ、いつも頑張ってくれてありがとうね」

思わずそう口にしてしまう。

すると、ローリエはなんのことか一瞬考えてからニッコリと笑って言った。

「私はお父様とお母様の娘ですから」

心から家族に愛されてることが分かる。

だから、自分も頑張れる。

その後の言葉まで分かるので、思わず頭を撫《な》でまくってしまう。

気持ちよさそうに目を細めるローリエ。

いくつになってもこうして俺はローリエを可愛がるのだろうなぁと思うけど、反抗期か大人になったら嫌がられるだろうか？

その時はその時だな。


「だから嬢ちゃんの勘違いだって言ってるだろ。いい加減にしてくれ」

「でも～」

興味のある所を二人でのんびりと見て回っていると、とある店先で何やら揉《も》めてる現場を発見する。

品揃《しなぞろ》えのいい店先には食品を始めとして様々な品が並んでいる。

その店先で揉めてる二人。

一人は店の主《あるじ》だろう、中年のおじさん。

もう一人はローリエと同じくらいの年頃でピンク色の髪の目立つ女の子。

「お父様、何かあったのでしょうか？」

「そうみたいだね」

他人の揉め事に関わるなんて面倒事のにおいしかしないけど、ローリエの社会勉強のためにも何とかした方が良いだろう。

それに、ここでスルーしたらローリエの誇れる父親でいられない気もするし仕方ない。

「失礼、何かあったのでしょうか？」

「あー。この嬢ちゃんがうちの品に文句つけてきてな」

「文句？」

「文句じゃないですよ～」

ぷくぅと頬《ほお》を膨らませて抗議の声を上げるその子だが、今ひとつ本気で怒ってるのか分かりにくい怒り方だ。

「これは絶対食べない方が良いものだって説得してるんです～」

その子がそう指さす品を見て思わず眉が吊り上がりそうになる。

見た目は艶《つや》やかな林檎《りんご》のようだが、表面の光沢と少し独特の匂いと吸い寄せられんばかりの紅色のそれは前世にはなく、今世にしかない特殊な果物。

いや、正確には少し違うか。

前世にも近い効果のものがあったか。

「……店主。これはどこから仕入れてる？」

「最近付き合いができた奴からだ。何でも他国だとかなり人気の商品らしい」

「そうか。ならその商人とは今後付き合わないことだ」

「どういうことだ？」

「これは麻薬だからな」

「麻薬？」

首を傾《かし》げる店主。

正確には麻薬ではなく、毒りんごだろうか。

ただ、阿片《アヘン》やコカインを何倍もヤバくしたようなそれを毒りんごと呼ぶのは俺には違和感がある。麻薬の方が近いだろう。

店主の挙動と反応から、知ってて売ってる訳ではないようだが、何《いず》れにしても厄介なものが出回ってきてるものだと思わずため息をつきそうになる。

俺は日々、家族を愛する片手間に様々な事柄を覚えようと学びもしている。

薬学も転生してから覚えはじめたのだが、前世にはない植物が多いこともあり意外と面白い。

さて、目の前の品だが、記憶にある偏屈《へんくつ》な薬の師匠の持ってた本の中で目にしたものとほぼ一致している。

一応お金を払って、商品を確認してみるが……うん、まず間違いなく麻薬だね。

「お父様、麻薬というのは何ですか？」

可愛い娘の疑問になんと答えるべきか。

でも、知らないで口にしては一大事だしきちんと教えておこう。

「簡単に言えば依存性と副作用のあるヤバいものだよ。毒に近いって言えば分かるかい？」

「毒……では、食べると死んでしまうのですか？」

「これはすぐには死なないよ。でも一度でも口にしたらその後も必ず欲しくなって、いずれは命を落としてしまう危険なものだよ」

「そんなものが……」

その愛くるしい表情を曇らせてしまうローリエ。

そんなローリエの頭を優しく撫でて俺は言った。

「大丈夫。話によると最近になって出回ってきたみたいだし、今なら被害も抑えられるから」

「……そうですね。それなら良かったです」

　ローリエのご褒美のためのお出掛けなのにこんな表情をさせてしまって本当に心苦しい。

　心優しい我が娘には笑顔でいて貰いたいものだ。

　ならば、俺も動かないとね。

「とにかく、この商品は今後絶対に入荷しないように。事と次第によっては捕まって処罰もあるものだから」

「そ、そんな危険なものなのか？　というかあんた一体……」

「それよりも。その取り引き相手について詳しいことを教えて欲しい」

　麻薬のことを指摘してたピンク髪の女の子に妙な既視感と頭の隅に引っかかる感覚があったけど、まずは情報収集が最優先。

　場合によってはすぐにでも人を呼ぶ必要があるかもしれないが、近くの兵にも念の為、伝言を頼んでおくか。

　ローリエとの折角のお出掛けなのになぁ……まあ、仕方ない。

　代わりにまた埋め合わせをするのと、帰るまでの時間を少しでも楽しんで貰うとしよう。

カリスが店主から情報を集めたり、色々と動く中。

ローリエはカリスの指示で店主が用意した長椅子に座って待っていた。

折角の大好きな父とのお出掛けなのに、こんなことになってしまったというのは少し残念だけど、こうして目の前で人のために動くカリスのカッコイイ姿が見られるのはそれはそれで嬉しかった。

（お父様、凄くカッコイイ）

最近は下に妹弟《きょうだい》が増えたり、自分の立場もあって、甘えられる時間が限られているが、愛する父との時間はローリエにとって何よりも大切なもの。

だからこそ、折角のお出掛けがこうなったのは寂しい気もするけど、世界一カッコイイ父親の姿をこうして見られるのは悪くない。

更に、一人でないのも大きいのかもしれない。

「うわ〜、何だか大変なことになりましたね〜」

どこかゆったりとしたマイペースな口調ながらもそんな事を呟《つぶや》く同い年くらいの少女。

カリスが今回のことを知るきっかけになったその少女も念の為ローリエと一緒に待つことになったのだ。

「あの〜、もしかしなくても高貴な身分のお方達だったりしますか〜？」

カリスの様子を見てから、そんなことを尋ねてくる少女。

どう答えるべきか少し迷ってから、ローリエは簡潔に答えることにした。

「近いものと考えて貰えば大丈夫です。私の名前はローリエ。貴女《あなた》のお名前を伺《うかが》ってもいいですか？」

「そうなんですか〜。私はアカリです〜」

「アカリさんですか。素敵なお名前ですね」

「ローリエ様も素敵なお名前です〜」

お忍びなので名前しか名乗らなかったけど、アカリはローリエが貴族かそれに連なる者だろうと考えて様付けにした。

その様子でローリエはアカリが見た目通りフワフワしているだけでないことを察する。

「アカリさんのお住まいはこの辺りなんですか？」

「もう少し離れた孤児院に住んでますよ〜。お散歩でここら辺にはよく来るんです〜」

「そうなんですか」

ローリエは以前にセレナに見せて貰ったこの辺の地図を思い出す。

場所的に確かに近くに孤児院があったはずだと思い出しつつ、純粋に気になったことを尋ねてみた。

「アカリさんはあの商品を何で食べてはいけないと知ってたんですか？」

「お祖父《じい》ちゃんが前に教えてくれたんですよ〜。『あれは人を腐らせる』だったっけ〜？

だから説得してみたんですが、ローリエ様のお父様のお陰で助かりました〜。ありがとうございます」

ぺこりと頭を下げるアカリ。

マイペースながらも心配事が減って良かったという様子なのは出会ったばかりのローリエにもよく分かった。

「でも凄いですね〜。ローリエ様のお父様は〜。お祖父ちゃん以上にあれに詳しそうでした〜」

「お父様は凄いから」

つい、飾ることのない口調で答えてしまうローリエ。

その様子にアカリは楽しそうに微笑《ほほえ》んだ。

「ローリエ様はお父様のことが大好きなんですね〜。私もお祖父ちゃんが大好きだったので気持ちは分かります〜」

「アカリさんの話からして、とても素敵な方みたいですね」

「ですです〜。死んじゃって悲しかったけど、今の生活も楽しいので悪くはないですね〜」

屈託なく明るく笑うアカリ。

何事も楽しめるような心持ちのアカリの言葉は、昔のまま育ったローリエだったら眩《まぶ》しくて耐えられなかったかもしれないが、今のローリエには少し親近感の湧くものでもあった。

「あ、でも最近意地悪してくる男の子には少し困ってますね～」

「同じ孤児院の方ですか？」

「ん～、最近孤児院の近くに引っ越してきた子ですね～。やたらと絡んでくるんですよ～」

アカリが散歩に出る度に、絡んできては最後は赤くなって去っていくそうな。

（それってもしかして……）

アカリは気づいてない様子だけど、ローリエには何となくその男の子の気持ちが少し分かったような気がした。

自分では経験はないけど、最近仲良くなったご令嬢がつい好きな人に素直になれないという話を聞いて知っており、それに近いと思ったからだ。

ローリエの中で、最も近い恋愛のサンプルはカリスとサーシャ。

その次が屋敷の使用人のミゲルとレイナ。

そして両親と似た系統でイチャイチャしてるセレナとマクベスだ。

アカリは容姿も整っており、柔らかい言動やマイペースな性格は好む人が多いように感じる。

「アカリさんは好きな方はいないのですか？」

「好きな人ですか～？」

「その……恋愛的な意味で」

「いませんね～。楽しそうですけど、縁がないんですよね～。ローリエ様はどうなんですか～？」

「えっと。一応婚約者はいますが……」

セリューとの婚約はカリスの意向で表向きは普通に婚約者だが、本当は婚約者（候補）ということになっている。

お互いに好きな人ができるかもだし、大人になるまでの時間の猶予《ゆうよ》というやつだが、ローリエとしてはカリスの決めたことなら文句はない。

セリュー自身も真面目で誠実な人ではあるので不満はない。ないのだが……。

（……お父様を独り占めしてる時は少し妬《や》けちゃうかも……）

教え子ということもあり、接する時間が多いセリューには、ローリエに向けるのとは少し違う顔も見せる時があると考えると少しだけ複雑な気持ちにもなってしまう。

それでも、ローリエはセリューの大変さを知っているのでそれを口にはできない。

セリューの父親は国王で多忙な上あまり家族との時間をとれない。

だからこそ、憧れだけでなく、カリスの持つ父性にもセリューは惹《ひ》かれてるのだろうと。

（お父様はお優しいから）

そんなセリューをカリスも気にかけてることをローリエは知ってる。

ただそれ以上に自分達を想ってくれてることも知ってるし、その気持ちを知ってるから嬉しいという気持ちもある。

それでもセリューに少し嫉妬《しっと》してしまうのは、それだけローリエにとってカリスやサーシャ……家族が大切ということだろう。

つまり、小さな我儘《わがまま》ということだ。

「婚約者ですか～。どんな方なんですか～？」

「努力家で真面目な方ですよ。私のお父様を目標にしてるみたいです」

「ローリエ様のお父様ですか～。それは高い目標ですね～」

「そうでしょうか？」

「見ただけで分かりますよ～。雰囲気からして違いますし～、ローリエ様の様子を見るととても凄いお方なのでしょうね～」

その言葉に思わず笑みを浮かべてしまうローリエ。

父親を褒められて嬉しいのがよく伝わってくる可愛らしい笑みだ。

「ん～、折角お近づきになれたのにローリエ様とはこれっきりになりそうで残念です～」

ふと、そんなことを言うアカリ。

「これっきりということはないでしょう」

「そうですか～？　でもローリエ様と私は住む世界が違いますから～」

その言葉にローリエは少し表情を曇らせる。

住む世界が違う。

貴族と平民という立場。

アカリは思っていたよりも賢い。

だからこそ、本来はこの場に来るはずのないローリエとの出会いは一期一会《いちごいちえ》だと思ったのだろう。

ローリエとて、王太子の婚約者となって未来の王妃として学ぶべきこともやるべきことも多い。

誰かと仲良くなったように思っても、距離を感じるのはこれまでも何度かあったといえばあったことだが、今回のこの出会いはそれで済ませていいのかとローリエは考えてしまう。

「折角お友達ができそうだったのにな～」

ポツリと本当に独り言のような小さな声量で心から寂しそうにそんなことを言うアカリ。

「お友達……ですか？」

「あ、不敬でしたよね～。すみません～。でも、私あまり同性の友達がいなくて～、ローリエ様とならそうなれそうな気がしたのでつい～」

マイペースなのんびりとした普通の口調。

けれど、その瞳にある感情は確かに少し残念というように寂しそうな様子だった。

「アカリさんは……侍女《じじょ》の仕事に興味はありますか？」

それを見て、ローリエは思わずそう口にしていた。

「侍女ですか〜？　楽しそうなお話ですね〜」

「あ、いえ、その……これはあくまで友人としての言葉なので命令とかじゃなくてその……もし、アカリさんが良ければ私の侍女になって……近くでもっと仲良くなりたいなぁと思ったのですが……」

主従の関係にはなってしまうけど、貴族と平民という今の関係よりは近い距離。

普段のローリエなら口にしないような言葉に自分自身少し驚いていたが、予感があったからかもしれない。

アカリが自分……ひいては、カリスに必要な存在になるという僅《わず》かな予感。

根拠はないが、なんとなくそんな気がしたのだ。

それとは別に、ローリエはアカリのことがこの短時間で気になって、気に入ってしまったというのもあったが、その判断は間違いではなかった。

そんな出会いでもあったのだろう。

そのローリエの言葉にアカリは少し驚いたような顔をしてから、嬉しそうに笑って答えた。

「良いですね〜。是非ともお願いします〜」

「ほ、本当ですか？」

「はい〜。ローリエ様やご家族の方が問題なければ是非とも〜。あ、でも私は今は素性の知れぬ孤児なので難しいですかね〜？」

「えっと、それは多分大丈夫です。お父様はそこは気にしないと思うので」

　アカリ自身に害意があれば別だが、余程のことでなければカリスはきっと受け入れてくれる。

　良く知ってる、大好きな父親の顔を思い笑みを浮かべるローリエの様子を見て、アカリも楽しそうに笑みを浮かべて言った。

「そうなんですか〜？　では、あまり優秀ではないですが、ローリエ様のお側《そば》に置いてくださると嬉しいです〜」

　そう笑って頭を下げるアカリにローリエはこくりと頷《うなず》いて言った。

「では、友達として侍女として……これからよろしくお願いします、アカリさん」

「はい〜。お嬢様〜」

「その呼び方はちょっと……」

「じゃあ、ローリエ様で〜。私のこともアカリと呼び捨てにしてください〜」

「分かりました。では……これからよろしくお願いしますね、アカリ」

「はい〜」

そうして、その日、一つの出会いがあった。

本来はぶつかることはあっても、交わるはずのない関係性の二人は一人の男の存在によって友となった。

片や悪役令嬢、そしてもう片方はヒロイン。

乙女ゲームの悪役令嬢だったはずのローリエは、ヒロインだったはずの少女——アカリと親友になっていくのだが、そのきっかけを作ったカリスがアカリの正体を知るのはもう少し先の話である。


麻薬の件は何とかなった。

早々にジークが動いたのもあって、うちの国で出回る前に阻止はできた。

他国については今後次第というところだが、入ってこないように頑張るしかないな。

元を絶たないと意味が無いし。

それにしても、ローリエには申し訳ないことしたなぁ。

せっかくのご褒美のお出掛けがこんなことになってしまって。

また埋め合わせをすると約束はしたけど、それとは別に珍しいことを頼まれた。

「お父様、アカリを私の侍女にしたいです」

ローリエがそんなことを言うとは珍しい。

たまにナチュラルに人を魅了してくるのはそう珍しくはないが、側に置きたいと言われたのは初めてかもしれない。

アカリ自身もその気のようだし、ローリエが良いのなら文句はない。

アカリの素性について、すぐに調べたがとりあえず問題はなさそうだ。

まあ、ローリエがそう望んだ以上、何があっても守るつもりだが、何もないに越したことはない。

ただ、教育係になった先輩のミリアは大変そうだ。

アカリはマイペースな子なので、扱いが難しいみたいだが、なんとか仲良くやれてるみたいで良かった。

ローリエとアカリはウマが合うのか親友みたいな間柄になっていた。

俺があれこれしてる間に仲良くなったのだろうが、ローリエがこんな風に友達を作るのは珍しいな。

まあ、側にそういう支えも必要だろう。

俺としてはセレナ様よりもアカリの方が話してて疲れないので助かるし。

……にしても、アカリの容姿にどこか既視感があるんだよなぁ。

会ったことないはずなのに見たことあるような感覚がある。

何故《なぜ》だろう？

セレナ様がアカリを見て意味深な笑みを浮かべていたのも気になる。

……何も無いよね？

うん、そうであって欲しい。


ある日のこと。

仕事の方の時間がいつもより少し押して、夜も深《ふ》けはじめてしまった時間。

本日はもうみんな寝てしまってるだろうし、せめて子供達の寝顔でも見に行こうかと思って屋敷の廊下を歩いてる時だった。

屋根の上に人の気配を感じた。

侵入者ではないと思う。

覚えのある気配だし。

どうしたものか少し考えてから、ジュースを持って俺も屋敷の屋根に上がる。

「アカリ。何をしてるんだい？」

予想通り、屋根の上にいたのはローリエの侍女になったアカリであった。

「あれ～？　公爵様～？」

「上手いこと登ったものだ」

「木登り得意なんですよ～」

……木登りというレベルだろうか？

「まあ、いいけど。見つからないようにね」

「怒らないんですか～？」

「アカリは運動神経いいし、余程おかしなことをしなければ落ちないだろう。ただ、私の子供達が見て真似しても困るから見つからないようにね」

「は～い」

そこそこ高さがあるから落ちた時が怖いけど、見張りの兵が気づくだろうしアカリの方もそれなりに対策してるみたいだしそこまで目くじらを立てる必要もないだろう。

ただ、ローリエ達が真似したら困るからそこだけはきちんとしておく。

ミントなんてヤンチャだから特にやりそうなんだよなぁ。

「それでこんな所でどうしたんだ？」

「星を見てました～」

「星？」

確かに今日はよく見える。

「お祖父ちゃんが言ってました〜。この星空から私のことずっと見守ってくれるって〜」

アカリの祖父は亡くなっており、その関係でアカリは孤児院にいたらしい。

なるほど、星空から見守るか。

「良いお爺様だね」

「とっても優しかったんですよ〜」

そう言ってから、「お別れはちょっと寂しかったですけど、この星空からお祖父ちゃんは私を見ててくれますから〜」と続けるアカリ。

本心なのだろうが、それでも寂しさはあるのだろう。

まだまだローリエと変わらないくらいの子供なのだし。

ワシワシと俺は無意識にアカリの頭を撫でていた。

「公爵様〜？」

「すまない。ついな」

「ふふ。なんだかお祖父ちゃんみたいです〜」

「そうなのか？」

「お祖父ちゃんもそうやって突然撫でるんですよ〜。それで公爵様と同じ顔するんです〜」

はて、俺は今どんな顔をしてるのか。

何にしてもこれだけは言っておくか。

「アカリ、ありがとう」

「何がですか〜？」

「ローリエの侍女になってくれたこと……だけじゃないな。ローリエの友達になってくれたこともかな」

ここまでローリエが心を開く相手というのも珍しいけど、ここまでローリエと相性の良い相手というのも珍しいというか。

でも、悪役令嬢になったローリエとは相性悪いかもな。

そんなタラレバはともかく。

「アカリが来てから、ローリエの笑顔がまた増えた気がする。だからありがとうだ」

「私こそ〜、公爵様とローリエ様には感謝です〜。侍女なんてなりたくてなれるものじゃないですし〜、それにローリエ様は可愛いですから〜」

「確かに、ローリエは可愛いね」

「はい〜。特にお父様である公爵様のことを話す時が一番可愛いです〜」

……そんなにローリエ俺のこと話してるの？

お父さん嬉しい。

「公爵様……いえ、カリス様でもいいですか〜？」

「構わないよ。むしろ外で他の公爵相手に勘違いさせても困るからね」

「では、カリス様で〜。カリス様はローリエ様のこと大好きですよね〜？」

「勿論《もちろん》だよ」

「もっと口に出してあげたら喜ぶと思いますよ〜」

普段からそれなりに言ってるつもりだが……まあ、確かに足りないくらいだな。

際限がなくなりそうではあるが。

「そうだね。そうするとしよう」

「ですです〜」

「うん、ありがとうアカリ」

そうしてもう一度ワシワシと頭を撫でる。

ローリエやサーシャ、家族にする時ほど優しくない撫で方のはずだが、アカリはむしろこの撫で方が嬉しいようで楽しげに笑う。

「お父さんってこんな感じなんですかね〜？」

「さてね。だがアカリの父親も星空からアカリのこと見守ってると思うよ」

「お父さんも……」

「うん。お爺様とお母さんも一緒かもね」

「……それは想像してませんでした〜」

「そうなの？」

「お祖父ちゃんだけだと思ってました～」

ピュアなのか天然なのか。

まあ、両方か。

「飲むかい？」

「あ、ありがとうございます～、カリス様～」

持ってきたジュースを渡すと美味しそうに飲むアカリ。

夜遅くにジュースはよろしくないけど、頑張ってくれてるご褒美ということで。

「ローリエ達には内緒だよ？」

「秘密ってやつですね～、それはとっても楽しいです～」

悪戯《いたずら》っぽい笑みを浮かべて頷くアカリ。

この日から、たまにアカリと屋根の上で語ることになるのだが、話す内容は大抵ローリエ達のこと。

あとはアカリ自身の話もよく聞くようになるけど、なんとも面白い子というのが素直な感想だ。

覚えのあるエピソードに首を傾げたこともあったけど……デジャヴってやつだろうか？

何にしても、アカリはアカリでまだまだ甘えたい盛りなのだろうというのもよく分かった。

俺はアカリの父親ではないが、それでも庇《ひ》護《ご》する立場としてできることはするつもりだ。

父親になるなんて言葉を軽く口にするつもりはないが、家族の愛に飢えてる子にちょっと手を貸すくらいなら問題ないだろう。

……いや、多分昔のローリエの影が少し重なったのもあるんだと思う。

そういう子は放っておけない。

セリュー様もそっち寄りだし、子供が当たり前に愛される世界にしたいものだ。

まあ、その世界はその世界で色々問題もあるだろうけど、少しでも子供が当たり前に健やかに育つ環境になれば、ローリエ達もきっと平和に暮らせると思う。

理想論だけど、子供達の未来に幸があって欲しいという親心は誰しも持ってるものだろう。

一父親としての意見だけど。

第三章 温泉旅行

フォール公爵家はいくつかの領地を持っている大貴族だ。

その中の一つに有名な温泉地もある。

前のカリスさんは他の領地よりも税収が良いくらいにしか考えてなかったようだが、俺になったのなら話は変わる。

温泉は良いものだ。

家族で入るのなら尚《なお》のこと良し。

そんな訳で、転生してから色々と手回しして静養地《せいようち》として専用の旅館を作ってみた。

金持ちならではの楽しみ方だけど、色々と新しい商売も始めたので出資元は全額俺のポケットマネーだ。

フォール公爵家としてのお金の他に個人資産もかなりの額になってるのだが、死後の遺産の相続にも抜かりはない。

まあ、お金のことで俺とサーシャの子供達が争うことはないだろうけど、その金に釣られたハイエナ達がいないとも限らないのできちんとその時のことも考慮《こうりょ》しておくのは当たり前といえば当たり前だよね。

さて、わざわざ専用の施設を作った理由は一つ。

二人で混浴がしたい。

でもサーシャの素肌を他の輩《やから》に見せるなんて言語道断。

だったら静養地として専用の施設を作る方が賢明ということだ。

一応、根回しの一環で他の旅館への支援なんかも多少はしたので領地にある旅館の風当たりは強くないとは思うけど、領主が行くと面倒事も増える。

変に気を回させるのも忍びないし、サーシャやローリエ達が気を使わなくて済むようにしたいとくれば周知はしない方が良いだろう。

「温泉ですか。良いですね」

家族旅行として温泉に行くと言うと、サーシャは嬉しそうに微笑《ほほえ》む。

何だかんだ前々から計画はしてたんだけど、これでも俺はフォール公爵だし、サーシャはフォール公爵夫人、ローリエは未来の王妃様と立場もある。

忙しいのに加えて、ミントやバジル、オニオンがまだまだ幼かったのもあって中々家族全員で行くのは難しかった。

だからこそ、全員で行けるこの機会を逃す手はない。

「旦那様が最近お忙しそうにしてたのはその為だったんですね」

「折角なら何の憂《うれ》いもなく家族旅行を楽しみたいからね」

我が家の鬼執事のジークが文句も言えないレベルで仕事を片しておき、万が一の時のマニュアルまで作った。

まあ、そんなのなくてもこちらに残るジークなら問題ないだろうけど念の為ね。

形にしておいた方が納得もしやすいし。

サーシャやローリエの方もスケジュール調整に抜かりはない。

というか、ローリエの方は思ったよりも王妃教育が進んでおり、多少空けても問題ないレベルのようで驚いた。

本当に頑張り屋な愛娘《まなむすめ》だ。

この旅行が少しでも息抜きになれば良いけど。

「もう少し落ち着いたら夫婦水《みず》入《い》らずでも行けるようにしたいね」

「……そちらも楽しみにしてます」

照れたように笑うサーシャ。

うちの妻が可愛《かわい》すぎる件について。

ローリエ達にも旅行のことを話した。

「温泉楽しみです」

ローリエは実に良い笑顔で頷《うなず》く。

家族旅行というワードに何よりも嬉しがってるのが分かるのでとても愛らしい。

「温泉ってお風呂のことですよね～？」

一緒に聞いていたアカリがそう疑問を口にする。

すっかりローリエの侍《じ》女《じょ》という装いだけど、相変わらずマイペースな様子は変わらないようだ。

同僚のミリアは大変そうだけど、すっかり屋敷にもローリエの侍女として馴染んでるようで何よりだ。

「フォール公爵家の領地に有名な温泉地があるから、そこに行くんだよ。ローリエは前に一度見たことがあったね」

「はい。完成前でしたけどとっても素敵な趣《おもむき》でした」

家族で楽しむために色々と頑張ったからなぁ。

ローリエから見ても素敵という評価なら嬉しい限りだ。

「お土産楽しみにしてますね～」

「アカリも行くんですよ」

「え？　そうなんですか～？」

「私の侍女ですからね」

「それもそうですね〜」

新入りは置いていかれると思ったのか、それとも素でそう言ったのか。

あまり大所帯にする気はないけど、必要な人員を連れていくのは当然といえば当然。

ローリエには数人の専属侍女がいるけど、連れていくのはアカリとミリアと古参の一人の三人になるだろう。

ローリエは王太子の婚約者なので、もしもの時のためにそれくらいは人がいた方が良いという建前。

本当はローリエが気の置けない人選にしただけだけど。

ローリエだけでなく、サーシャやミント、バジルにオニオンもそれぞれに負担にならない人選にした。

俺は執事見習いのミゲルだけ連れていく。

俺のお付は必要ないけど、折角なら普段頑張ってるミゲルにも温泉を楽しませてあげたいしね。

あの鬼畜執事のジークの元で色々大変だろうしそのくらいはね。

その後ミントに話すと、ミントはお出掛けにテンションが上がってはしゃいだので、レイナが抑えるのに苦労してた。

頑張れ、レイナ。

バジルはユリーと一緒に行けると喜んでいたし、オニオンは皆が嬉しそうなのでニコニコしてた。

うちの子達は天使しかおらんのかね。

そんな風に盛り上がりつつ、旅行の日まで残り数日となった日のこと。

この手の話はいち早く嗅《か》ぎつけてくる腹黒王女様が我が家を訪ねてきた。

「聞きましたよ。旅行に行くんですね」

相変わらずどうやってるのか、執務室に侵入してきてそんなことを言うセレナ様。

「ええ、家族旅行に行ってきます」

「それは素敵ですね。私にも後ほど紹介して欲しいです」

……つまり、マクベスと温泉に入りたいので手配しろと。

相変わらずな人だ。

「ええ、その時がきましたら」

「それと弟も連れていってくれます？」

「……家族旅行と言ったと思いますが？」

「未来の家族がいて不都合があるのかしら？」

分かってて言ってるのだから困ったものだ。

「まあ、本当は邪魔したくはないけど……セリューにも息抜きが必要ということよ」

言外に『その意味が分かりますよね？』と匂わせてくるセレナ様。

まあ、確かにその気持ちは分からなくもない。

セリュー様は国王になるために、王太子として頑張ってる。

……いや、違うか。

正しくは、目標に向かって突き進んでる、か。

発破をかけた側からしたら、期待以上に成長してくれてる。

とはいえ、全く無理をしてない訳でもないだろう。

あの子は何故《なぜ》か俺を目標にしている。

どこが良いのかさっぱり分からないけど、そうして慕《した》って伸びてくれるセリュー様は昔とは違う。

その心も、想いも何もかも。

不安はない。

セレナ様の言葉だけではピンとはこなかったけど、ここ数年育ててきた教え子のことは多少なりとも分かってきた。

頑張り屋で真っ直ぐな分、時には自分を省みない危うさも持ち合わせてる。

だからこそ、その本人に一番言葉が届く俺が……もっといえば俺から何かをしてあげろということだろう。

家族旅行なんだけどなぁ。

「分かりました。手配しておきます」

「あら？　意外とあっさりですね」

「混浴にはお連れできませんよ」

「ええ、分かってます。ただ男湯にエスコートくらいはしてあげてください」

実際、セリュー様は割と最近我が家に馴染んできてる。

食事をうちで摂《と》ることもある。

家族旅行に連れていくのは少し考えてしまうが、必要なことではあるので仕方ない。

それに、恐らくセリュー様にはそういうイベントが足りてないのも事実だ。

「二回目以降はご自分が連れていってくださいね」

「それは弟次第ということで」

そんな訳で、セリュー様も連れていくことになった。

セレナ様の思うように動くのは癪《しゃく》だけど……セリュー様には罪はないし仕方ない。

その分、ローリエ達のフォローはしっかりするとしよう。

「フォール公爵と旅行……ですか？」

「ええ。準備しておきなさい」

突然そんなことを言われたセリューは驚きつつも、一瞬嬉しそうな表情を浮かべてから、その後に申し訳なさそうな表情を浮かべて聞いた。

「それはとても嬉しいですが……僕がいてはお邪魔なのでは？」

セリューはカリスに憧れてる。

そして、カリスを目標にして日々頑張ってる。

だからこそ、カリスの考えも少し分かるようになってきてるし、それでなくても自分が交ざるのは迷惑ではないかと考える。

（相変わらず、真面目な子ね）

そんな弟の様子にセレナは仕方ないなぁと苦笑してしまう。

「大丈夫よ。フォール公爵の許可は貰ってきたから」

「……姉さん、またフォール公爵に無茶なこと言ってないよね？」

「ふふ、安心なさい。向こうも快諾《かいだく》したから」

「そ、そうなの？」

カリスが快諾したと聞いて一瞬顔を輝かせつつも、どこか疑うようにセレナを見るセリュー。

（全く。すっかり似てきたわね）

憧れるあまり、考え方やセレナへの扱いもカリスに似てきた弟だが、前よりも楽しそうなので悪い気はしない。

「婚約者の家族と旅行することで、ローリエさんとの仲もアピールできる。悪くないでしょ？」

「……ローリエ嬢には迷惑なような……」

「そんなことないわよ」

このイベントをキッカケに弟の恋模様に変化があると嬉しいなぁという姉のイタズラ心もなくはないけど、それ以上に弟のことを考えての言葉だと分かったのかセリューは「分かったよ」と素直に頷く。

（これで一先《ひとま》ずは大丈夫かしら）

最近のセリューの頑張りを思うと、このくらいのことはしてあげたいという気持ちと、それ以上に可愛い弟の息抜きになって欲しいという気持ちがある。

（さてさて、あとは二人の仲も進むと面白いんだけどね）

憧れの人への気持ちでいっぱいでまだ己の恋心に気づいてない弟のセリューと、セリューのことを悪くは思ってないけど父親への気持ちが強すぎるローリエ。

少しでも進展があればというお節介と、折角ならその様子を見たいという乙女心の表れだけど、その大部分が弟を思えばのことなのは本人も気づかないくらいにブラコン気味なのを表してるが、それを指摘する者は誰もいないのであった。

本日は晴天なり。

そんな気持ちで家族旅行に向かう。

道中は特注の馬車でゆったりと家族団欒《かぞくだんらん》を楽しむことができた。

セリュー様は最初遠慮していたけど、オニオンがセリュー様に構えと言わんばかりに反応してたので、少し申し訳ない。

「すみません、セリュー様」

「いえ。弟ができたみたいで楽しいです」

その言葉に嘘《うそ》はないようで、道中はずっとオニオンの相手をしてくれた。

案外子供好きなのかも。

あとは、馬車の移動に退屈するかと思っていたミントが目を輝かせて窓の外を見ていたのには驚いた。

お転婆《てんば》だけど、知らない景色に興味津々なのが実に可愛い。

バジルはユリーに抱っこされてすやすや。

仲良いよね。

そしてローリエとサーシャは俺の左右に座って馬車の旅を楽しんでくれたようだ。

俺も楽しめた。

あまり普段してない話もできたし、家族の時間はいくらあっても足りないというものだと改めて感じた。

そんな感じで温泉地に向かうこと数日。

日が暮れる前に温泉地の専用施設へと到着したのだった。

「わぁ……!!　すごいすごい！」

「お、お嬢様お待ちください！」

旅館を見てミントは大はしゃぎ。

馬車を飛び出していくので、レイナが慌てて追いかける。

「とても変わった雰囲気ですね」

「サーシャは見るのが初めてだったね」

「はい。凄く素敵です」

外装や内装はなるべく和風にしてみた。

温泉旅館といえばそっちの方がイメージが強いし、何よりもしっくりくる。

偏見だろうか？

まあ、サーシャ達が気に入ってくれてるのなら問題はないだろう。

そう思いつつ、大はしゃぎなミントを確保して皆で部屋まで移動する。

「ぱぱ、ぱぱ！　おふろはいろ！」

野放しにすると迷子になりそうなミントを抱っこしながら部屋に着くと、そんなことを言うミント。

「そうだな。入ろうか」

温泉については、道中、大きなお風呂と説明したので、実に興味津々な様子。

「やったー！」

「サーシャとローリエはどうする？」

「私は少しゆっくりさせて貰います」

「じゃあ、私はお母様と一緒にいます」

まあ、そこそこ長いこと馬車に乗ってたし、ゆっくりした方がいいか。

ローリエはどちらに行くか迷ってから、サーシャと休む方を選択。

バジルは……まだ寝てるな。

「ユリー、バジルのことは任せた」

「……はい、承知してます」

性格は正反対のはずだけど、割とマイペースな所は双子の姉のミントによく似てる気もする。

バジルは扱いの一番上手いユリーに任せるとしてだ。

「オニオンは……」

視線を向けると、部屋にはいなかった。

一人で出歩くのは難しいし、侍女の抱っこで移動したのか。

しばらくすると、別に部屋を用意したセリュー様がオニオンを連れてきた。

随分と懐いたようだ。

微笑ましい。

「すみません、セリュー様」

「いえいえ」

ふむ、やっぱり道中も思ったけど子供の扱いに慣れるのが早いな。

素質がありそうだ。

「ぱぱ、はやくー」

「分かったよ。行こうか」

「ごー！」

ピューッと飛び出していくミント。

レイナが慌てて追おうとしたので、風呂の間は俺が受け持つと伝えて、ついでに折角だから執事見習いのミゲルと時間をとると良いとお節介も焼いておく。

さて、元気な次女を追いかけるとしようか。

この温泉施設は、思いつく限りのあらゆる形式を用意してみた。

檜《ひのき》風呂、サウナ、水風呂、露天風呂ｅｔｃ．……露天風呂は絶対に外から見られないように何度も検証と実験をして造った力作。

ミントが色んな場所を興味の向くままに移動するので、あまりゆっくりお湯につかれる時間はなかったけど、娘の相手をしてるだけで楽しい俺としては悪くない。

「極楽極楽」

「ごくらくー」

室内の風呂で思わず呟《つぶや》いてしまった言葉をミントが真似する。

口癖にならないことを願おう。

そうして元気なミントとお風呂を楽しんでから上がると、髪を乾かしてついでに髪型も整える。

「ぱぱ、にあってるー？」

「うん、超可愛いよ」

「えへへ。やったー！」

ツインテールにしてみたけど、すごく似合ってる。

ミントは俺と同じ髪色とサーシャと同じ瞳の色を持っており、どちらかといえばサーシャ似だ。

バジルは髪色も瞳の色もサーシャと同じ、容姿的には俺の方に少し似てる気がする。

きっと将来は美人さんになるね。

今も超絶可愛いけど。

「これすきー」

「うん、浴衣《ゆかた》姿《すがた》も似合うね」

「かわいい？」

「凄く可愛いよ」

「にへー」

せっかくの温泉とくれば、格好もそれに準じたい。

そんな訳で、セレナ様作の浴衣も用意してみたんだけど、それを着てミントはご機嫌だ。

「ままー！　ぱぱにかみやってもらったー！」

「あら、よかったですね。とっても似合ってますよ」

「うん、凄く似合ってる」

そう言いつつも、ローリエは少しミントを羨《うらや》ましそうに見ている。

そんな娘に近づいてこっそりと。

「後で、ローリエにもやってあげるね」

「……！　うん」

嬉しそうに笑みを浮かべる我が娘。

それはそれとして、サーシャとの母娘《おやこ》の時間を楽しめてたようだし良かった。

そんなことを思いながら、俺は風呂上がりの絶景に目を凝らす。

俺達が風呂に入ってる間にサーシャとローリエは浴衣に着替えたようで、目の前には愛する妻と娘の浴衣姿が。

これ程素晴らしいものは世界中探してもないだろう。

ハッキリ言って超絶綺麗だ。

「浴衣に着替えたんだね」

「折角なので着てみました。どうですか？」

「うん、すごく似合ってるよ。ローリエは何を着ても似合うね」

「ありがとうございます、お父様」

嬉しそうにはにかむローリエ。

そんなローリエに微笑ましそうな笑みを浮かべる我が愛妻サーシャにもきちんと本心からの感想を伝えるとしよう。

「サーシャもとても綺麗だよ。女神様かと思った」

「ありがとうございます、旦那様。旦那様も……とってもカッコイイです」

頬《ほお》を赤らめつつそう褒めてくれるサーシャ。

和服は似合わないかなぁと思っていたけど、奇跡的な調和をしてるのか悪くない感じではあるらしい。

もっとも、自分の浴衣姿なんかよりもサーシャの浴衣姿の方が最高すぎるけどね。

ただでさえ綺麗なサーシャが和の要素でますます綺麗に見える。

「今夜も存分に愛してしまいそうだ」

そう耳元で囁《ささや》くとサーシャは顔を赤くして俯《うつむ》いてしまう。

可愛い奥さんだなぁ。

そうして一頻《ひとしき》り楽しんでからまだ時間もあるのでお茶を淹《い》れようと……おっと、ローリエが淹れてくれてるな。

本当に気が利《き》く子だ。

ミントは風呂上がりの一杯に冷やしておいたジュースを飲んでる。

飲みすぎなければ大丈夫だろう。

さて、我が家の長男バジルは……お、起きてるな。

「おはよう、バジル」

「おはよう」

「お風呂はいる？」

「あとでー」

それもそうか。

そんな風に寝起きのバジルと話していると、オニオンと共にセリュー様が部屋に戻ってきた。

探索したがったオニオンに付き合ってくれてたのだろう。

もしかしたら、ローリエとサーシャの母娘の時間を考えて、二人に遠慮して連れ出してくれたのかもしれないが、セリュー様も浴衣に着替えてるので両方か。

そのセリュー様は戻ってきてからもオニオンと遊んでおり、兄弟のように見える。

楽しそうで良かった。

最初はかなり遠慮して硬くなってたが、こうして息抜きできてる姿を見られるのは悪くない。

夕飯まで、のんびり家族で過ごしてから旅行らしいメニュー（俺作）を食べてまったり。

「旦那様、とっても美味《おい》しいです」

「気に入って貰えて良かったよ」

頑張って入手した食材で和風の料理も出したけど、サーシャが一番気に入ったのは蕎麦《そば》のようだ。

ラーメンやうどんは前にそれっぽいのを作ったことはあったけど、今ほど反応は良くなかった。

サーシャの反応的に蕎麦の方はなるべく手配できるようにしておこう。

「ミント。お肉も食べないとダメよ」

「おにくきらいー」

「好き嫌いしてはお母様みたいな素敵な大人になれないよ」

「うぅ……がんばるー」

そんなやり取りをするローリエとミント。

ヤンチャな妹の扱いに慣れてるローリエはサーシャを引き合いに出してきちんと食べさせる。

引き合いに出されたサーシャは相変わらずな様子のミントに苦笑していたけど、好き嫌いはなるべく無い方がいいしね。

アレルギーとかなら別だけど。

アレルギーは好き嫌いなんて生やさしい次元じゃなくて生死の問題だから。

それにしてもローリエは本当にお姉ちゃんだよなぁ。

ローリエが注意しなかったら俺かサーシャが言ってたけど、お姉ちゃんの言葉の方が良いだろう。

「バジルも、キノコだけ残さないの」

「きのこ、にがて……」

器用にきのこだけ残しているのはバジルだ。

味ではなく、多分前に毒キノコの存在を知ったことで苦手意識があるのかもしれない。

繊細《せんさい》な子だけど、それが良いところだろう。

「ユリー、お願い」

「……バジル様。頑張って食べましょう。私がお手伝いしますから」

「……うん、わかった。ゆりーがいうなら」

バジルの場合はユリーか母上が入れば割と説得は容易《たやす》い。

ユリーが食べさせる形で渋々食べるバジル。

セリュー様は少しだけ羨ましそうにそれらの様子を眺めているようだ。

正確には家族の何気ないやり取りをだろうか。

王族ともなると家族との時間も作りにくいだろうし、セレナ様や王妃様はともかく国王陛下は自分から息子との時間を作ることは無いだろうしなぁ。

「セリュー様は好き嫌いは無かったですね」

「はい。そうした方が強くなれるとフォール公爵から教わりましたから」

無理して食べることはないけど、バランスよく食べた方が体づくりには良いと前に話したか。

「お好きな料理はありましたか？」

「どれもとても美味《びみ》です。しいて言うなら、その……天ぷらが美味しかったです」

確かに美味しそうに食べてたな。

「すみません。僕はお先に失礼しますね」

そう言って一足先に食事を終えて部屋に戻っていくセリュー様。

多分、家族の時間に遠慮した……というよりは、今日の分の訓練の消化にでも行ったのだろう。

無理をする必要はないけど、セリュー様は俺の言葉の意味を正しく理解してるし、無茶はしないだろう。

「むー」

ただ、セリュー様が自主稽古に向かったことで少し残念そうな末っ子オニオン。

「よしよし。おねえちゃんがいますよー」

そんなオニオンの気持ちを知ってか知らずか、ミントがオニオンに構う。

本当に姉弟《きょうだい》仲良しでお父さんほっこり。

❋

夕食を終えて、セリューは一人素振りをする。

腹ごなしの運動ついでに、少しでも目標に近づくためにイメージトレーニングも交えて行う。

イメージトレーニングの相手は自分の知りうる限り最も強い人。

自分の憧れ、理想と目標であるカリスである。

その動きをなぞるように負けを繰り返す。

本来、負けるつもりで戦うことは有り得ない。

セリューだって、剣を構えれば相手が誰であろうと勝つ気で挑む。

だからこそ、セリューはリアルだけでなく、イメージの中でもカリスに何度も挑み、負けを経験している。

その度にカリスの凄さに心から歓喜する。

未《いま》だ遠いその背中がセリューには果てしなく思える。

それでも、挑むことを止《や》める気はない。

約束を、憧れを捨てられる訳がない。

（僕は弱い）

セリューは知ってる。

己の弱さを。

日々、成長はしていると思う。

心も体も昔よりは強くなった。

それでも、セリューは満足する気はなかった。

（先がある。その先も見える。だからもっと頑張ろう）

努力を苦には感じない。

コツコツ頑張ることはセリューにとってさほど苦労はない。

何よりも目標が身近にいることによるモチベーションの向上は想像以上に大きい。

結果としてセリューは爆発的に伸びている。

無論、本人としてはまだまだ足りないと思ってはいるが、同年代とは比べ物にならないくらいに心も体もセリューは強くなっていた。

知識においても、人脈においても、カリスマにおいてもセリューはどれ一つとして手は抜かない。

結果、本人に自覚はなくてもセリューはこの国の王太子として人を惹《ひ》きつけていた。

全ては憧憬《しょうけい》に追いつくために。

追い抜くために。

そして――

「セリュー様」

ふと、気配がしたと思ったら聞き覚えのある声が聞こえてくる。

その声にセリューは素振りの手を止めて視線を向けると、そこにはセリューの婚約者で、憧れの人の娘のローリエが立っていた。

「ローリエ嬢。何かありましたか？」

「集中している所すみません。でも、長いことやってるみたいだったので、そろそろお声掛けした方が良いかと思いまして」

そう言われて、思った以上に長いこと集中していたと気がつく。

時間的にはあれから三時間以上は経過してる様子だ。

（しまった。少しオーバーしてる……）

夢中になって時間を忘れてしまっていた。

自主稽古の時間はある程度カリスに決められていた。

そのカリスの言いつけよりも長くやっていたことに気がつき、セリューはやってしまったと息を吐く。

「ありがとうございます。ローリエ嬢」

「いえ。タオルとお水です」

そう言ってローリエはセリューに真っ白なタオルと水分補給用の水を渡してきた。

タオルで汗を拭き、水分を摂《と》って一息つく。

「助かりましたローリエ嬢」

「婚約者ですから」

その言葉に少し胸がドキッとした。

たまにあるよく分からない高鳴りだ。

その高鳴りに首を傾《かし》げていると、ふとローリエから風呂上がり特有の石鹸《せっけん》の匂いがした。

それと同時に大きな見た目の変化にも気がつく。

服装は新しい浴衣となっており、髪もサイドに綺麗に纏《まと》められていた。

それでさっきまで何をしてたか理解する。

「お風呂上がりでしたか？」

「お母様と入ってきました。とっても大きなお風呂でのんびりできましたよ」

「そうなんですか。それは楽しみです」

お風呂の構造的には男湯も女湯も混浴も少し違うくらいで、ほぼ一緒だとカリスからは聞いてるのでそう素直な感想を口にする。

「旅行の時もセリュー様は鍛錬《たんれん》を欠かさないんですね」

「僕はまだまだ弱いですから」

「お父様は凄いですから。憧れる気持ちは分かります」

カリスに少しでも近づくためには時間はいくらあっても足りないくらいだ。

そう言って、最愛の父を思い微笑むローリエ。

その笑みは見た者全てを魅了するほどの笑みで、セリューも何もない時なら謎の胸の高鳴りが聞こえてきたのだろうが――カリスの名と憧れるというワードでその高鳴りはかき消される。

「フォール公爵は凄いです。強くて賢くて……そして誰よりも優しい」

偽りない本音だ。

憧れを口にするセリューはその姿を思う度に自分も頑張ろうと勇気を貰う。

「僕もフォール公爵みたいになりたいんです」

真っ直ぐにそう言い切るセリュー。

そんなセリューの言葉にローリエはくすりと笑みを浮かべて答えた。

「そうですね。でも私はお父様みたいになったセリュー様ではなく、セリュー様はセリュー様のままの方が良いと思います」

「僕は僕のまま……ですか？」

「お父様はお父様。セリュー様はセリュー様ですから。全てが同じとはいきません。でも、セリュー様らしくお父様のようになるのは良いと思います」

そう微笑むローリエ。

その言葉と笑みにセリューはまたしても胸の高鳴りを感じる。

それと同時にその言葉の意味することを理解して納得した。

カリスの全てを真似することはできない。

セリューはセリューだし、カリスはカリスだ。

だから、自分らしさを持ちつつ目標へ近づくのは確かにその通りかもしれないとそう思った。

「……そうですね。そうなれるように頑張ります」

「はい。応援してます」

そう言って、セリューに背を向けるローリエだったが、ふと思い出したようにセリューに言った。

「そういえば、お父様は今男湯にいると思いますよ」

「フォール公爵がですか？　でも夕食の後でバジルやオニオンともう一度入ったのでは？」

来てすぐにミントと入り、夕食後にバジルやオニオンとお風呂に向かったのをセリューは知っている。

セリューの訓練の時間を考えるともう上がっていてもおかしくない時間のはずだが、ローリエの話では先ほど三度目の風呂に入ったらしい。

「お父様はお風呂が好きですから。それに……こうしてセリュー様が長く稽古をしてくるのも分かっていたでしょうしね」

カリスなりにセリューのことを考えているのかも。

そんなローリエの言葉にセリューは溢《あふ》れ出《で》る笑みを抑えることに必死になりつつ、駆け足で男湯へと向かって行った。

「少し妬《や》けちゃうけど……さっき少し独り占めできたからいいもん」

遠ざかるセリューを見ながらぽつりとそんなことを呟くローリエ。

セリューの境遇もセリューの気持ちも分かるので、父を独占したい娘としては複雑だけどさっきお風呂上がりにカリスが風呂に向かう前に、部屋で髪を結って貰った分で十分充電はできたと言わんばかりに納得しつつ部屋へと戻る。

早寝な妹とマイペースな弟に気づかれない程度に部屋で母に甘えつつ、父が戻ってくるまでうとうとしながら床に就く。

夜は大人の時間。

それまでなら母の邪魔にならずに父に甘えられると賢い娘は分かっているので、存分に甘えてから満足して眠りへと沈んでいくのであった。

❋

夕飯後は順番に子供達とお風呂に入った。

仲間外れもあれかと思い、セリュー様が入るタイミングで三度目のお風呂にも入ったけど、やっぱり自主稽古に熱が入っていたようだ。

そんなセリュー様とお風呂に入ったけど、やたらと体を見られた気がした。

恥ずかしそうにチラチラと見てくるけど、腹筋とか手足とかの筋肉を自分の力こぶと見比べてるのは微笑ましい。

ただ、セリュー様自身はそこまで筋肉がつく体質ではない気がするので、なるとしても細マッチョ系統になる気がする。

カリスさんは若干着痩《きや》せするくらいには体格も悪くないけど、それはそれ。

何にしても息抜きに連れてきたのでセリュー様が楽しんでるなら良かった。

そうしてお風呂を楽しんでから、子供達を寝かせると夜は大人の時間。

「ふぅ……気持ちいいですね」

「そうだね」

今日何度目かの入浴だが、のぼせるという概念のないカリスさんボディなのでノープロブレム。

我ながら頑丈を通り越して怪物だと思うけど、年々耐久力と筋力は上がってる気がする。

四十半ばを過ぎて、全盛期を超えるってヤバない？

まあ、便利だから良いけど。

そんな訳で俺はサーシャと夫婦水入らずで入浴していた。

「サーシャ、もう少しこっちおいで」

「……はい」

俺がそう言うと恥ずかしそうにしつつも素直に寄り添ってくるサーシャ。

可愛い奥さんだ。

「たまにはこんなのも良いね」

「旦那様はいつもお忙しいですからね」

「サーシャもだろ？　子供達のこともそうだが、フォール公爵夫人として頑張ってくれてる。いつもありがとう」

「お役に立ててれば嬉しいです」

そう控えめに笑うサーシャ。

本当に謙虚《けんきょ》な所は変わらないなぁ。

「ローリエ達の息抜きにもなってれば良いけど」

「大丈夫だと思います。あの子も楽しんでましたし、セリュー様もそうです」

「サーシャがそう言うならそうなんだろうね」

俺としてもそうであって欲しいものだ。

「それにしても、シチュエーションが違うだけでこうも違うものなんだね」

「何がですか？」

「サーシャの魅力」

「え？」

「いつも女神様みたいに美しいのにますます綺麗だ。それにこんなに愛らしい」

「あ、あの……そう言われると恥ずかしいです……うぅ……」

そう言って赤くなって身を縮こまらせるサーシャ。

そんなサーシャが可愛すぎてついつい悪戯《いたずら》したくなる。

「サーシャだって俺の腕とかお腹とか見て何か思ったんじゃない？」

「そ、それは、そのぅ……」

風呂やベッドでお互いの裸は幾度となく見てきたけど、どれだけ見ても好きな人の肌というのは興味がつきないものでして。

サーシャも例外じゃないように筋肉質な部位に視線を向けては照れてしまう。

俺の方もサーシャの芸術的な白い肌と大きくて綺麗な母性の塊、そして露天風呂から見える星空にも負けない銀髪にも魅入《みい》ってしまう。

「サーシャ」

「あっ……ん……」

そっと、顔を寄せるとそのまま口付けを交わす。

啄《ついば》むように幾度となく互いを求めてキスをしてから、そのまま大人の時間に突入したりもしたけど……それだけサーシャが可愛かったということで。

いや、本当に魅力が尽きることないよね。

俺はサーシャが本当に大好きらしい。

そんな風にサーシャとの夫婦の時間とローリエ達との親子の時間。

そして家族の時間も満喫できた温泉旅行だったけど、もっとこういう機会を作れるよう頑張るべきだなとしみじみと思った。

こういう時間はどれだけあっても無駄じゃないからね。

頑張るとしよう。

第四章 公爵暴走

グリーン公爵。

国内において大きな力を持つ大貴族。

その力は国王でさえ無視できず、その行いを容認する他なかった。

結果としてグリーン公爵は他国と内通して国内で好き勝手できた。

富も名誉も思うがままだった。

――そう、『だった』。過去形である。

「あのクソ野郎！」

机を蹴飛ばしてグリーン公爵は咆哮《ほうこう》する。

テーブルの上に載っかっていた酒の瓶やグラスが全て割れるがグリーン公爵の怒りは収まらない。

それもそのはず、最近の彼は因果応報と言わんばかりに力を失ってきてるからだ。

かつては最大派閥を誇っていたグリーン公爵家はここ数年で大きく衰退していた。

理由はただ一つ、フォール公爵である。

取り巻きから始まり、家の者までグリーン公爵家は悪逆の限りを尽くしてきた。

それらの罪を裁かれていった結果、グリーン公爵の力は大きく削《そ》がれた。

そんなことができる者はこれまでこの国にはいなかった。

ほとんど手勢を持たない上に、そんな余裕のない国王にはこんな真似はできない。

唯一、そういったことができる可能性のあった存在こそ、かつて騎士団において《剣《けん》鬼《き》》の名を持った最強の男、歴史あるフォール公爵家の当主のカリス・フォールという男ただ一人だったが、これまでこちらには興味さえ示してなかった。

ところが、ここ最近になってフォール公爵は人が変わったようにその振る舞いを変えた。

家族を慈《いつく》しみ、国のため民のためにその力を振るいだしたのだ。

しかもそのやり方に隙はない。

全ての証拠を集め終えてるようで、必要な順に国王の名のもとに処罰を与えてくる。

「クソッタレが！　人をコケにしおって！」

フォール公爵の娘は王太子の婚約者になった。

しかもその王太子はフォール公爵に傾倒している。

多くの善良な貴族は当然のようにフォール公爵の味方をしており、後ろ暗いことをしている貴族やグリーン公爵の派閥の人間は粛清《しゅくせい》されてから次代に移り変わる。

しかも、どうやってるのか新しい当主はフォール公爵の補助を受けてなる者が多い。

当然彼らはフォール公爵の味方になる。

退路を断つようにじわりじわりとフォール公爵はグリーン公爵を詰めてくる。

グリーン公爵も無論黙ってやられていた訳ではない。

証拠を抹消《まっしょう》して、不要な繋《つな》がりを絶って、逆にフォール公爵を陥《おとしい》れるために策を弄《ろう》してきた。

しかし、全て無駄になっている。

『何故《なぜ》か』用意していた偽の証拠が消えてる。

『何故か』糾弾《きゅうだん》する内容が読まれて簡単に対処される。

『何故か』送り込んだ暗殺者が向こう側の人間となって平穏に暮らしている。

『何故か』信頼していた仲間や使用人が裏切る。

『何故か』偽の参考人が主張の内容を一変させる。

……数えるときりのない『何故か』が数多く、グリーン公爵を不利にする。

フォール公爵本人を狙った暗殺は何度も試みた。

その度に失敗するだけでなく手駒の暗殺者も雇った暗殺者も向こう側の人間に変わってしまう。

では家族を狙ってはどうか。

そちらも当然何度も試したがその度に同じような結果となってから、天罰と言わんばかりに悪いことばかり重なるので怖くなってやめた。

偽の証拠を作ろうと、どれだけ冤罪《えんざい》を上手く作ってもフォール公爵には通用しない。

王家がフォール公爵の味方というのもあるが、フォール公爵の人脈とその人徳も大きい。

引き換え、グリーン公爵の周りには利益目当ての同類しかいなかったのも大きいだろう。

「奪われる……！　このままでは私の立場まで奪われてしまう!!」

グリーン公爵の残りの手札は第二王女と息子が婚約しているという事実のみ。

しかし、それは自分の手札ではなく相手の手札だと後々気がついた。

元々興味のなかったクソガキが上手いこと王女を引っ掛けてきたとほくそ笑んでいたのだが、その王女はフォール公爵と繋がりのある人間だった。

クソガキも息子のくせにフォール公爵の味方のようだ。

それはどうでも良いにしろ、あのガキは自分の立場を奪う勢いで箔をつけてきている。自分を追い落とす準備は既に整ってると言わんばかりに裏で物事が進んでいるのがグリーン公爵には分かった。

跡継ぎを変える選択肢は難しい。

政略結婚で妻にした女は死んでるし、愛人は心変わりしたと出ていってしまった。

遊びで手を出した女の子供を認知するという方法も試したが、全員が国外へと出ていってしまっていた。

養子という選択肢も難しい。

クソ生意気なクソガキは意外に優秀らしく、既に多くの人間にグリーン公爵家の次期当主として認知されてる。

何よりも婚約者の王女の存在も大きい。

あの王女はフォール公爵と同じく底が知れない。

前に二人で組んで学園の経営権をもぎ取られた他にも色々とやられた。

（くそくそくそ！　なんでこの俺がこんな思いをしてるんだ！）

何だかんだと美味《おい》しい思いをしてきて、絶対の立場にいたはずの自分が何故こんな目にあってるのか。

グリーン公爵の憎悪《ぞうお》は深くなっていく。

最近は酒と暴力に逃げていたが、どれだけ飲んでも、どれだけ殴ってもスッキリしない。

女で満たそうとしても商売女ですらグリーン公爵の名前で買えなくなってきた。

悪名としてグリーン公爵の名前は国中に広まっているからだ。

これまでならそうであっても問題なかった。

誰も逆らえないのだから。

誰も助けにならないのだから。

だが、それらをフォール公爵が一変させてしまった。

グリーン公爵という『悪』を裁く『正義』の光としてフォール公爵の名は世間に轟《とどろ》いているのだから。

グリーン公爵はその事実を憎々しく思い、何としても一矢報いてやりたくなる。

とはいえ、捨て身の暗殺も無理だろう。

以前、目の前でそれをやった人間が何人もいた。

しかしフォール公爵にかすり傷一つつけられなかった。

「閣下。どうなされますか？」

老齢な執事がグリーン公爵にそう聞く。

この執事はグリーン公爵に残ってる少ない手駒の一つ。

だが、当てになるかといえばならない。

グリーン公爵の名で罪をおかしすぎて、一緒に裁かれるために順番待ちしてるような奴でしかないからだ。

向こうも寝返ることすら叶わないと分かってるからか、この状況を作ったフォール公爵への反逆の意志があるらしい。

そんな執事にグリーン公爵はヤケクソ気味に言った。

「『かの国』に連絡だ！　今度こそ救援を求めると！」


それから数日。

何とか連絡をとった『かの国』から使者が送られてきた。

貧相な髭《ひげ》を蓄《たくわ》えた中年の男だった。

「いやぁ。グリーン公爵様におかれましてはご機嫌麗《うるわ》しゅう」

「前置きはいい！　さっさと話せ！」

これまで何度も助けを求めて失敗してきた相手から初めて送られてきた返事の使者。

この結果如何《いかん》によって状況は大きく変わる。

「そうですね。では手短に」

男はそう言うと大きな包みを運ばせてきてそれを目の前のテーブルの上に置いた。

「これはなんだ？」

「かつてこの大陸を支配していた大昔の伝説。かの大帝国の遺物――『帝器《ていき》』でございます」

「なに？　遺物だと？　そんな古臭い物が役に立つ訳ないだろ！」

遺物＝ただの骨董品。

そんな認識のグリーン公爵の言葉にその男は不敵な笑みを浮かべた。

「それがそうでもないんですよねぇ」

そう言って、男は包みを解いて中身を見せる。

「これは……なんだ……？」

中に入っていたのは見たことのない形の武器のようなものだった。

見てると吸い込まれるような怪しい輝きまで放ってる。

「一発逆転したくはありませんか？」

ピクリとその言葉に反応するグリーン公爵。

「貴方《あなた》のような優秀な方を失うことを我が主《あるじ》は望んでおりません。これがあればいくらかの《剣鬼》だろうと必ず葬《ほうむ》れます」

「……その言葉に二言はないか？」

「勿論《もちろん》でございます。何よりも化け物には化け物。これが常識かと」

それでも少し躊躇《ちゆうちよ》するグリーン公爵に男はにっこりと微笑《ほほえ》んで言った。

「この作戦が成功した暁《あかつき》には、我が主は将来的にこの地の全権を貴方に与えると仰《おつしや》ってますよ」

この国全てが手に入る。

後がないグリーン公爵にとってその言葉は劇薬だった。

「やってやる！」

「それはそれは。良いご決断です。ご武運を」

そう言って男は手早く挨拶《あいさつ》をしてから屋敷を出た。

「さて……愚かな道化は最後にどう踊ってくれるのか。見物だ」

そうグリーン公爵家に向けてほくそ笑んでから、闇に消えるように男は去っていく。

どんな悲惨な結末が見られるのか——そんな楽しそうな笑みを浮かべてこの後の混乱を楽しみに自国へと戻っていくのであった。


「そうか、接触があったか。相手はやはり」

「公国のようですね」

ジークからの報告に思わずため息をつく。

内容はグリーン公爵について。

マクベスの父親で宰相《さいしょう》であるあの男は他国と内通していた。

国内でも色々と悪事を働いていたので、少しずつ力を削いできたのだが、それまでの悪評も相まって思った以上に追い詰められてるようだ。

その結果、内通先の国とコンタクトを取ったらしい。

俺としては、今の力ないグリーン公爵の現状を鑑《かんが》みるに、見捨てられる可能性も高いだろうと考えていたのだが、グリーン公爵周りを見張らせてる監視によると内通先の人間らしき人物がグリーン公爵に接触を図ったとのこと。

「最後まで使い倒す気ということか」

「使えるものなら遠慮は無用ということでしょう」

「公国について調査の方は？」

「あまり芳《かんば》しくありませんね」

グリーン公爵の内通先の公国について、色々と調べてみているのだがその成果はあまり出てない。

ここ数年になって、公王が変わった以上の情報が上がってこなかったのだ。

他国についての調査は俺の手勢でもある程度把握できてるのに公国の情報に関してはほ

とんど上がってこない。

徹底的に情報統制されてるのだろう。

『あの国、何かあるのかもしれないわね』

以前、セレナ様に確認したところ返ってきたのはそんな答え。

セレナ様の情報網にもあまり良い情報は入ってきてないらしい。

「ただ、上手く潜入が成功してるので遠くないうちには少なくない情報も上がってくるかと」

「分かった。そちらは任せる。グリーン公爵の動きは？」

「それなのですが……実は屋敷から姿を消したようで」

「となると、そろそろ攻めてくるか」

グリーン公爵の憎しみは俺へと向いてるはず。

家族を狙う可能性も高いが、コンタクトを取った公国から何を吹き込まれたのかにもよるな。

こちらの監視の目を掻《か》い潜《くぐ》ってる時点で協力者もいるかもしれない。

「サーシャとローリエは今日は王妃様の所だったな？」

「はい。王妃様のご招待で……おっと、丁度城へと入ったみたいですね」

簡易の連絡手段として伝書鳩のようなものを取り入れているのだが、その連絡によるとサーシャとローリエの道中に危険はなかったらしい。

「ジーク。屋敷の警備を厳重に。特にミント、バジル、オニオンの三人を」

「承知しております」

そんな話をしている時だった。

――ドォン！　という音が屋敷に木霊《こだま》したのは。


「この音は……門の方か」

それにしても随分と派手な音がしたものだ。

嫌な予感に駆られて外に飛び出す。

「ジーク、子供達を」

「御意」

陽動の可能性も考えて子供達をジークに任せる。

あの鬼執事なら万が一の時でも足止めには十分だからだ。

そうして屋敷の外――門まで行くと、そこで俺は派手に壊れた屋敷の塀と倒れてる門番、そして劇的なビフォーアフターを遂《と》げてるグリーン公爵らしき人物を発見する。

「随分と変わった格好でお越しのようで、グリーン公爵」

右手には自身と同じくらいの高さの長槍……いや、太さ的に槍というよりはロケットでも出てきそうな金属の塊《かたまり》というべきか。

金の装飾から蜂をイメージするようなそれでこの騒ぎを起こしたのだろうが、どうやったらあれでここまで塀を破壊できたのやら。

おかしな点は他にもあった。

まるで生きてるようにその武器らしきものとグリーン公爵は繋がっているのだ。

グリーン公爵を侵食するように脈を打っている結合部は見てると普通に気持ち悪い。

全身には侵食の証とでも言うべき斑模様《まだらもよう》が広がっており、目は虚《うつ》ろで口元は狂気に歪《ゆが》んでいた。

そのグリーン公爵が口を開く。

「貴様を殺しに来た」

「それはそれは。穏やかではありませんね」

「私の全てを奪ったお前を許さない。必ず報いを受けさせる。どんな手を使っても」

逆恨《さかうら》みも甚《はなは》だしいが、それにしてはどこか様子がおかしい。

激情に駆られているのは間違いないのに、虚ろな目と歪んだ口元からは生気を感じられない。

(珍妙な武器は公国からのものだとして……公国がどこでこんなものを手に入れたのか)

グリーン公爵の内通先である公国が先日グリーン公爵本人と接触を図っていたという報告。

その時にこの珍妙な武器を渡したとして、これを公国はどこから手に入れたのか。

自国で作り出したとしたらかなり頭の痛い話だが。

（……いや、ちょっと待てよ）

それよりも可能性が高いものを一つ思い出す。

それは以前領地の地下遺跡にてローリエが見つけた隠し部屋。

そこに書かれていたかつてこの大陸を支配していた大帝国のオーバーテクノロジーの産物。

「それが公国から渡された帝器か？」

「ああ。そうだ」

否定されるかと思ったがそう素直に答えるグリーン公爵。

「これは素晴らしいものだ。こうして構えるだけでいいのだから」

ガチャリとどこにそれだけの力があるのか分からない手を真っ直ぐ俺に向けて、帝器を構えたグリーン公爵はそのまま軽い調子でその力をぶっぱなした。

速度はそれ程でもないが、質量のある塊がミサイルようにこちらに飛んでくる。

避けるのは容易《たやす》いが嫌な予感がしたので、俺は剣でそれを両断する。

すると、派手に辺りに爆発が響いた。

「ははは。まだ死んでくれるなよ。化け物の貴様はこの程度ならまだ息はあるだろう」

その言葉と共に煙から疾走した俺はグリーン公爵を一閃。

「ぐわっ！　……とでも言うと思ったか」

しかし、手応えがまるでなかった。

幻影……いや、これはホログラムか？

「これも古代の技術のようだ。貴様の前の私は本体のコピーでしかない」

「……なるほど、どんな手を使ってもというのはこういうことか」

「そうだ。時間が稼げればそれでいい」

狙いは俺本人ではなく、俺の大切な家族。

その考えに至った瞬間に王都の各地で爆発音が響き渡った。

「守りきれるといいな。大切な家族を」

「守るさ。何があってもな」

目の前のグリーン公爵の体にはダメージが通らない。

ならばと武器を狙って一刀両断すると、不気味な笑みを浮かべるグリーン公爵の姿が掻き消えていく。

どんな仕組みか分からないが、この帝器は本体とコピーに分かれており、コピーの方が俺の前に来ていたということだろう。

そして、王都の爆発も俺を足止めするため。

屋敷の方の子供達ではなく、狙いは王城のサーシャとローリエということか。

「屋敷の方は任せる」

援護に来た兵にそれだけ残して俺は城へと真っ直ぐ向かう。

サーシャとローリエを守るために。

ほぼ同時刻。

王妃レシリアの元でお茶をしていたサーシャとローリエも外の大きな爆発音に気がつき、テラスへと出ていた。

「お母様。これは……」

「何かあったのかもしれませんね」

そっと、不安そうなローリエを抱きしめて落ち着かせていると、物凄い音とともに侵入者が部屋へと入ってきた。

「何者ですか？」

レシリアとローリエを守るように前に出るサーシャ。

「何者とは連れないですな」

聞き覚えのある声だった。

「グリーン公爵……なのですか？」

「ええ、そうです。お久しぶりですね、フォール公爵夫人」

会ったのはかなり前だが、サーシャはグリーン公爵と面識があった。

ただ、目の前の人物は声こそグリーン公爵だが、見た目は前に会ったことのあるグリーン公爵とは別物であるとサーシャは感じた。

「随分とイメージを変えられましたね」

それは、レシリアもそうであるようだ。

「ご用向きは何でしょう？」

「王妃様。貴女《あなた》には興味がありません。欲しいのはそこのフォール公爵夫人とその娘の命です」

部屋の外から護衛が入ってくるが、それを一瞥《いちべつ》したグリーン公爵は護衛達を雑に一撃で片付けてしまう。

直撃したらタダでは済まない爆発の様子と見たこともない武器にサーシャ達は言葉をなくすが、不安そうなローリエを見てサーシャはそっと胸に手を当てる。

（旦那様……私に勇気を）

娘を守るための勇気を。

恐怖を飲み込み、ローリエに優しく微笑んでからサーシャはキリッとした表情で一歩前に踏み出した。

「私の命だけで十分でしょう。やるなら私をやってください」

「お、お母様！」

「サーシャ。貴女……」

「レシリア様、お下がりください。それと……ローリエのことをお願いします」

親友の言葉とその覚悟にレシリアは思わず力の入る手をなんとか解いてグリーン公爵に聞いた。

「……サーシャとローリエを狙うのはフォール公爵への復讐《ふくしゅう》ですか？」

「その通り。私から全てを奪ったあの男から今度は私が奪う。簡単なことでしょう」

「他国と内通して、犯罪に手を染めていたのは貴方でしょう。逆恨みはやめなさい」

「逆恨み？　王妃様は冗談が上手いですね」

まるで聞き分けのない子供でも見るようにグリーン公爵は言った。

「私の楽園をあの男は奪った。奪ったら奪われる。そんな当たり前のことも分かりませんか」

「……狂ってしまってるのね」

「さて。おしゃべりは止《や》めにして、夫人と娘を殺すとしようか」

ガチャリと構えるグリーン公爵。

「私だけを狙ってください。ローリエとレシリア様は関係ありません」

「関係ありますよ。子供が死ねばあの男は更に悲しむ」

「ならば私だけを殺した方が効果があります」

なんとかしてローリエだけでも守りたい。

震える声を、足をなんとか鼓舞してサーシャは必死に立ち向かう。

（旦那様……ローリエだけでも私は守ります）

聞く耳を持つ気はない様子のグリーン公爵。

せめて少しでもローリエを守れるようにサーシャは腕を広げて前に身を乗り出す。

少しでも威力を殺すために。

少しでもローリエが助かるように。

「おかあさま！」

そんな母の姿にローリエは堪《たま》らず声を上げる。

（お母様が……お母様が死んじゃう！　お父様……）

自分のことよりもローリエは母のことを考えてしまう。

怖くて何もできない自分が情けない。

（どうしよう……どうしたらいいの……）

レシリアがローリエを庇《かば》いつつサーシャに悲痛な声を上げる。

それをスローモーションに感じながらローリエはポツリと声を上げてしまう。


「おとうさまぁ……たすけてぇ……」

叶わぬと分かってる助けの声。

「大丈夫。助けに来たよ」


必死のそんな声に——答えないはずの返事が聞こえた。

夢かと思った。

そんな声と共に、外から入ってきた影はグリーン公爵を吹っ飛ばすと、サーシャとローリエの前に姿を見せて安心させるように微笑んだ。

「遅くなってごめん。二人とも。怪我《けが》してないかい？」

それは紛れもなく、サーシャの愛する夫で、ローリエの愛する父親のカリスであった。

「馬鹿な……速すぎるぞ……」

サーシャとローリエに怪我がないのを確認して一息つくと、吹っ飛ばしたグリーン公爵の本体がそんなことを言いながら這《は》い出《で》てくる。

「どうやってここまで。どうやったって屋敷から城までの距離では間に合うはずが……」

「グリーン公爵。俺を舐《な》めすぎだ」

屋敷から城までの距離はそこそこあるし、普通に走ったら間に合うか微妙なタイミングではあった。

だから――空から来た。

最近になって、空気を蹴って空を走る術《すべ》を身につけたので、全力で空を走ってきたので比較的速くついた。

……まあ、空気を蹴って空を走るって意味不明だけど脳筋だからこそ頑張った結果ということで。

カリスさんのスペックがおかしい件について。

「……しかもどういうことだ？　王都中に出してるコピーも全滅だと？」

「邪魔されても面倒だし先に片してきた」

空中から全て射貫《いぬ》いてみせたのだが、そこまで説明する必要もないだろう。

「サーシャ、ローリエ。怖い思いをさせてしまったね。すぐ片付けるから待ってて」

「……はい。ありがとうございます、旦那様」

「お父様、あのね……」

「大丈夫。すぐに終わるから。お母様と王妃様とお茶の続きでもしてなさい」

そう言って頭を撫《な》でるとローリエも落ち着いたように「うん」と頷《うなず》く。

可愛《かわい》い愛娘《まなむすめ》と愛する妻のケアは何よりも大切だからね。

「敵を無視して呑気《のんき》なものだな」

グリーン公爵はそう言いながらまたしてもミサイルを発射してくる。

それを今度は蹴り返して後方まで吹っ飛ばし爆発させるとグリーン公爵の虚ろな目と歪んだ口元に初めて変化が起きた。

「悪いが。加減をする気は無い。サーシャとローリエを危険な目にあわせたこと。屋敷の塀を壊したこと、許す気もない」

そう言ってから、一瞬でグリーン公爵に肉薄すると首元を掴《つか》んで外へと連れ出す。

騎士団の訓練場まで飛ぶと、そこに叩きつけてからまずは武装して繋がってる右手を武器ごと叩き斬る。

「ぐぁあああ！！！」

武器との繋がりが切れたのか、感情が戻ったように斬られた痛みでのたうち回るグリーン公爵。

「何だこれは！　何なんだこれは！」

状況が理解できてないように喚《わめ》くグリーン公爵。

「うるさい」

「ぐえっ！」

鬱陶《うつとう》しいことこの上ないので、気絶させてからとりあえず一発殴っておく。

サーシャやローリエに怖い思いをさせたグリーン公爵のことは殺したいくらいに憎いけど、この場で殺すとサーシャやローリエに負担を強《し》いるかもしれない。

だからこそ、まだ殺さない。

どうせなら罪を全て裁かれてから殺した方が都合も良い。

「これが帝器か」

グリーン公爵を黙らせてから、グリーン公爵の右手と共に落ちた帝器を確認する。

なんか繋がってた部分がうにょうにょ動いてて気持ち悪いが、残しておいて大丈夫だろうか。

「壊した方が遺恨《いこん》は残らないかもだが……まあ、調べるだけ調べさせるか」

古代のオーバーテクノロジーだろうし、現代での再現はまず不可能だろうけど、グリーン公爵の様子を見ると精神汚染までされてるようだったし多少は特性を知っておくべきだろう。

「フォール公爵！」

そうして淡々と片付けていると、騎士達に交じってセリュー様が駆けつけてきた。

「セリュー様。こちらは良いので王妃様の元に」

「分かりました」

状況を見て、何があったのか凡《およ》そ把握したようでセリュー様は素直に何名かの騎士を伴って王妃様の元に向かう。

賢い子だ。

「公爵様」

「此度《こたび》の一連のことはグリーン公爵の暴走によるものだ。国王陛下への報告もその後の処理も私の指揮に従って貰う」

「承知しております。セリュー殿下やセレナ殿下からも聞いておりますので」

セレナ様も凡そ事情は把握してるのか。

しかし面倒な仕事を残しやがって。

グリーン公爵め。

「被害の方は？」

「人的被害は無い模様です。ただ、王都の何ヶ所かは破壊されて物的被害はそこそこあるかと」

だろうな。

来る途中に簡単には確認したのでそこら辺はほぼ予想通り。

とりあえずサーシャとローリエを屋敷に戻して少しでも休んで貰うとするか。

この一件で心に負担をかけちゃっただろうし。

屋敷の修理はジークが既に手配してるだろうし、ミントやバジル、オニオンも大丈夫とのこと。

家族に被害が出なかったのは良かったけど、仕事が増えたのは本当に面倒くさい。

面倒くさいけど……グリーン公爵周りが片付いて国の闇を一気に片付けられたのは大きいか。

公国の動きはかなり不気味だが、情報はこれから入ってくるだろうしそれを踏まえて対処するべきだろう。

何にしても……間に合って本当に良かった。

第五章　愛娘、十二歳に

ローリエの十二歳の誕生日を迎えた頃。

セレナ様が学園に通う歳《とし》になった。

制服もセレナ様の協力でできて、学園自体の経営も安定していた。

生徒達の教育の場としても悪くない状態だと思う。

「もっとバチバチしたバトルがあったらよかったのにね」

一足先に学園に入ったセレナ様の感想である。

どうやらドロドロぐちゃぐちゃした女の戦いがご所望らしい。

全く理解できない感性だけど。

「平穏無事が何よりでしょう」

「マクベスくんがいない時間が退屈すぎるんですもの」

代わりに求めるものがそれの時点で性格はお察しである。

「そういう貴方《あなた》だって家族が絡まないならバイオレンスに行くでしょ？」

「いつ私がバイオレンスに走ったと？」

「暴力至上主義の世界に行っても余裕でメンタル保てるくらいには狂人でしょ？」

「違いますよ」

そんな戦闘狂の楽園はごめんこうむりたい。

俺は家族とほのぼの暮らすのが性《しょう》に合ってるのだ。

「それで？　例の件はどうなったの？」

「マクベスの件ですか？　そっちは恙無《つつがな》く」

「それは良かったわ」

二年前、グリーン公爵がやらかした件でグリーン公爵家は取り潰しになった。

流石《さすが》に事が大きすぎたので仕方ないとはいえ、マクベスを宰相《さいしょう》にする方針（というか、セレナ様の夫にする方針）に変更はないので、俺が後見人としてマクベスを見ることになった。

折を見て陛下から新しい爵位を貰って、実績を作ってから宰相へとなって貰う予定だ。

「宰相様はお忙しそうね」

「仮の宰相なのでそんなに大変でもないですよ」

空いてしまったポストを埋めるためというか、俺しか仕切れないという理由でそのポジションになってしまったが、将来的にはマクベスのものになるのであくまで仮の立場だ。

人を使って上手いこと回してるのでそれ程大変でもない。

家族との時間の方が大切だしね。

「お父様としてはこのまま貴方にやって欲しいみたいだけどね」

「絶対嫌です」

誰が好き好んで仕事を増やしたいと思うのか。

家族との時間を削るくらいなら辺境にでも行って家族とのんびりスローライフを送ると思う。

……そっちの方が楽しそうだな。

「早く片付きそうかしら？」

ふと、そんなことを尋ねてくるセレナ様。

何の話か分からない訳じゃないくらいには付き合いがあるのが何となく悔しい。

「情報は集まってきてます。あまり良い情報は多くないですが」

グリーン公爵が内通していた公国は情報統制が上手すぎた。

最初はかなり手こずったけどここ数年で安定して情報を入手できるようになってきた。

それらを元に考えると公国という国はヤバすぎた。

「グリーン公爵が使ってたレベルの帝器《ていき》を複数所持してるようですね。新しい公王になってからそれらと同時に兵の強化もかなり進んでる」

「帝器ねぇ……異世界って感じのファンタジー感あるものが出てきたわね。もっとも目の前には空気を蹴って空を走るとか頭のおかしいことができる存在もいるんだけど」

そんなこと言われてもできてしまうのだから仕方ない。

「それに気になるのは公国の新しい公王が名前を変えたということです」

クーデターで国を乗っとった割には外にほとんどそのことが漏れてない徹底ぶり。

水面下で準備をしていたとしても手際が良すぎる。

名前を変えたこと自体よりも変えた名前が問題でもある。

それは、広く知れ渡っているかつての大帝国の皇帝の名前。

「験担《げんかつ》ぎとかだったらいいんですが」

「わざわざ名乗るくらいだから、この後大陸を支配するくらいの野望は持ってそうね。でもそんな感想を聞きたいんじゃないんでしょ？」

「ええ」

俺やセレナ様だからこそ出てくる一つの可能性。

「公国の新しい公王が転生者で、その中身が本当に大帝国の皇帝とかだったら面倒ね」

「そうでないと助かるんですがね」

転生者の相手ほど面倒なことはない。

持ってる知識によっては対処法も変わってくるだろう。

「一応、打てる手は全て打ってますが、当分は向こうも大きく動かないでしょう」

「自信がありそうね」

「帝器の収集もありますが、それ以上に各国で何かを探してるようなんです」

「それを見つけるまでは攻め滅ぼさないってこと？」

「それとグリーン公爵の件で、狙われる順番が後ろにズレてるようなんですよね」

「そんなことまで分かってるのね」

向こうの考えはまだ朧《おぼろ》気《げ》だが、何《いず》れにしても備えておくに限る。

できればこの問題はローリエ達の代まで残したくないしね。

「私の方も打てる手は打っておくけど、マクベスくんとの新婚生活に差《さ》し障《さわ》りがないよう早めに片付けたいわね」

「同感です」

戦争中にローリエの花嫁姿を見ることがないようにしたいものだ。

……いや、ローリエの花嫁姿は見たいが相手にもよりそう。

というよりも娘が嫁に行くということを考えるとかなり複雑な父親心が出てくるが仕方ない。

可愛《かわい》い娘の幸せは願っているが、俺の元から連れ去っていく男に思うところがあるのも男親として必然といえるべきことだろう。

今の状況だとセリュー様がその最有力だけど、はてさて進展があるのかどうか。


王国の隣国に小王国という国がある。

国土がかなり小さく、あまり豊かではないのだが一応国として認められている……というのが大体の評価。

そんな国から交流の一環で第一王子が来ることになった。

交流というよりは避難と言うべきか。

小王国はかねてより仲の悪かった隣国と戦争に発展しそうになってる。

公国の策略という訳ではなく、普通に国家間の戦争だがそれに備えて比較的仲の良いうちの国に避難をさせたいと小王国の国王から要請が来たのだ。

はね除《の》けても良かったのだが、小王国から見返りとして提示された条件が悪くなかったというのと、小王国の鉱山でしか採《と》れない鉱石などメリットがこちらにもあった。

戦力を考えると小王国の負けはまずない。

それでも小王国が第一王子を避難させたいのは、小王国の王族で跡継ぎが第一王子しかいないからだろう。

しかも第一王子はまだ九歳らしい。

子供を思えばこそ、多少損を切っても安全を優先する。

合理的でありながら親心もあって俺は嫌いじゃない。

そんな訳で第一王子を受け入れることになったのだが、誰が面倒を見るのか。

力関係はこちらが上だろうと、他国の王族を相手にするとなるとそれなりの相手が必要になる。

……まあ、要するに俺が世話をするしかないということだ。

グリーン公爵の件から国のほとんどを俺が仕切ってるようなものなので信用のおける相手に任せる手もあるはずだが、国王陛下の命令とあれば仕方ない。

面倒この上ないが、子供に非はないしね。

「出迎えご苦労！　俺様が第一王子のルグランだ！」

そんなことを思いながら迎えた第一王子のルグランは一言で言えば元気。

もっと端的に言えば甘やかされて育ってそうなお坊ちゃまだった。

「ようこそ我が国へ。フォール公爵家当主のカリス・フォールです」

「フォール？　あ！　あれか！　お前が《剣鬼《けんき》》とかってやつか！」

「そのように呼ばれてますね」

「強いからって調子に乗るなよ！　俺の方が強いんだからな！」

うん、元気なことこの上ない。

小王国の第一王子としては残念なことこの上ないが年相応と言えなくもない。

子供は生意気で元気なくらいがちょうど良いと前に誰かも言ってたしな。

ただ、俺よりも強いという発言にピキリときた人物もいたようだ。

「少し言葉が過ぎると思いますよ、ルグラン殿下」

同じく出迎えていたセリュー様である。

年々大人びてきて、その立場に甘えることなく成長をしていても譲れない部分もあると言わんばかりに俺への言葉を注意した。

まあ、同年代の言葉の方が届くというのもあるか。

「何だお前は？」

「第二王子のセリューと申します。この国の王太子でもありますが」

「ってことは俺のライバルか！　なら勝負だ！」

同じ王子でも立場は随分と違うのだが、その辺を理解してこれなら大したものだ。

「分かりました。では僕が勝てば言葉遣いを改めて貰います」

「勝てればな！」

そうして到着早々にセリュー様とルグランは勝負をすることになった。

もしやかなり強いのでは？　なんて疑問を抱くほど俺も耄碌《もうろく》してないので結果は言わず

もがな。

何戦してもセリュー様の圧勝であった。


「ちっくしょう……！　なんで勝てないんだよ‼」

呼吸を荒くして地面でじたばたするルグラン。

対してセリュー様は汗一つかいてない。

まあ、当たり前といえば当たり前か。

セリュー様は自分の才能に驕《おご》ることなく日々己を高めている。

ルグランも歳の割には力が強いみたいだが、それだけで勝てるほどセリュー様は弱くはない。

最近は同年代のマクベスですら勝てなくなってきてるくらいだし、騎士団の上澄みに何戦かしたら勝てるレベルにもなりつつある。

まだまだ粗はあるけど、本当に順調に育っているものだ。

「もう一戦だ！　次こそ勝つ！」

「その前に、そろそろ先程のフォール公爵への言葉遣いに謝罪をしてください」

「次勝ったらそれも無しだろ！」

「何度やっても今のままでは勝てませんよ。僕はフォール公爵に多くを教わりました。フォール公爵は凄い方なんです。それに貴方《あなた》も次の国王になるのでしたら、言葉遣いをきちんとしないとダメですよ」

「……母さんみたいなこと言いやがって……」

ぐぬぬと表情を歪《ゆが》めてから、ルグランはフラフラと立ち上がると俺にぺこりと頭を下げた。

「すみませんでした」

ぶすっとしつつも、そう素直に謝る様子から根は素直なのだろうと分かる。

「本当に強い者はどんな相手でも侮《あなど》りません。それだけは覚えておいてください」

「……うん。それはそうかも。でもセリュー！　お前だけは絶対いつか倒してみせる！」

メラメラと燃え上がる男心がセリュー様をライバル認定したようだ。

「ええ、いつでも挑戦は受け付けます。でももっと強くならないと相手にもなりませんよ」

珍しいな。セリュー様がここまで言うとは。

「なら俺もフォール公爵に弟子入りする！　なあ、いいだろ？」

「構いませんが、教えるからには厳しくなります。耐えられないような根性では教える気はありませんよ」

「辛《つら》くてもセリューに勝てるならやってやる！」

うーん、まあセリュー様に何敗しても挑む根性や性根を見てると大丈夫かな？

「分かりました。では明日から稽《けい》古《こ》をつけます」

仕事を増やしたくはないが、強くなりたいと吠える子供を前にダメとも言えない。

それに才能はあると思う。

セリュー様ほどではないが、かなり強くなれる可能性もあるし、セリュー様の新しいライバルになれる存在は育てておいて損はないか。

「タオルどうぞー」

「おう、サンキュー」

そうしてやり取りを終えると近くで見ていた双子の姉のミントが何故《なぜ》かルグランに笑顔でタオルを渡す。

「お前、フォール公爵の娘か？」

「うん。ミントだよー」

「なんか可愛いな。俺が国王になったらお前を妃にしてやるよ」

「期待しておくねー」

ミントさんや。パパは許しませんよ？

思わず言いかけたけど、流石に我慢する。

互いに社交辞令だろうし。

……だよね？

「ミントはルグラン殿下のこと気に入ったの？」

その日の夜、一緒に寝るためにベッドに潜り込んできたミントに思い切って尋ねてみるとミントはニコニコしながら答えた。

「なんかアホで可愛いなぁって思ったー」

「……そっか」

否定はできない。

「でも、悪い人じゃないのも分かった」

「それはそうかもね」

育て方を間違えなければ良い男にもなりそうだ。

「ミントは好きな人はいるかい？」

「パパとママ」

「そっか。パパもミントのこと大好きだよ」

「えへへ。すりすり」

甘えてくる娘の様子を見て、まだまだ惚《ほ》れた腫《は》れたには早いことに一安心。

急いで大人にならなくても良いのに、子供の成長は早いからなぁ。

でもその成長が嬉しくもあるので親とは不思議なものだと心底思う。

❅

他国から来た第一王子のルグラン殿下はお父様の教えを受けることになった。

こういう時、男の子が少し羨《うらや》ましくなる。

同性だからこそ、お父様もそこまで遠慮せずに教えられてるみたいで少し悔しい。

私もお父様に護身術や演舞のための剣術なんかを習ったけど、お父様の強さを直接教われるセリュー様やルグラン殿下が凄く羨ましい。

（でも、お父様の娘であることが凄く嬉しいから余計に複雑）

騎士になる気はないし、私には私のできることがあると分かってるけど羨ましいものは羨ましい。

それとは別にして、頑張ってるセリュー様を見るのは最近嫌じゃなくなってきた。

お父様を慕って、真っ直ぐに頑張ってる姿はどこかお父様の影を感じるからだろうか？

そのセリュー様は稽古の後にルグラン殿下に絡まれてまた試合をしていた。

結果はセリュー様の圧勝。

悔しそうにじたばたするルグラン殿下を見ながら、私はセリュー様にタオルと飲み物を渡す。

「ありがとうございます、ローリエ嬢」

セリュー様は誰に対しても誠実だ。

それは民や使用人に対してもそうらしく、セリュー様の国内での人気は凄いらしい。

私の派閥のお友達の中にもセリュー様のファンは多い。

「ミント嬢はすっかりルグランを気に入ったみたいですね」

タオルで稽古の汗を拭《ぬぐ》って、水分補給をしてからルグラン殿下の方を見てそんなことを言うセリュー様。

そちらを向くと、確かに妹のミントがルグラン殿下の世話を焼いていた。

「ミントは面白いものが好きですから」

「あはは……」

何となく意味が分かったのか苦笑いを浮かべるセリュー様。

「そういえば、バジルもフォール公爵の指導が始まったと伺《うかが》ってます」

「ゆっくりですがやってるみたいですね」

弟のバジルは六歳になり、ゆっくりとだがお父様の指導を受けるようになってきた。

ユリーやお祖母《ばあ》様が近くにいると特に頑張れるのでどちらかはいるようにしてるみたい

で、弟らしい。

「バジルは強くなりそうですね」

「そう思いますか？」

「フォール公爵に良く似てますからね」

それは確かにそうかもしれない。

姉弟《きょうだい》の中でお父様のメンタルに一番近いのは恐らく弟のバジルだろう。

オニオンもマイペースながらその兆しはあるけど、大切なものを守る時の覚悟にかけてはバジルが一番お父様に近いと思う。

（私もそうあれたら良いけど）

前にグリーン公爵が騒ぎを起こした時、私は怖くて動けなかった。

お母様が私や王妃様を庇《かば》って前に出る中で、何もできずにお父様に助けを乞《こ》うことしかできなかった。

あの時のお母様みたいに私も咄嗟《とっさ》の状況で大切なものを守れるようになりたい。

お父様みたいに何があっても守れる覚悟を持ちたい。

「ローリエ嬢？」

セリュー様の声で我に返る。

いけないいけないいけない。

「すみません、セリュー様」

「いえ。それよりもアカリさんが呼んでますよ」

そう言われて視線を向けると、遠くから駆け寄ってくるアカリの姿が。

年々可愛くなってきている親友はミリアと並んで私が最も信頼している侍女《じじょ》だ。

たまにえらいミスをする時があるけど、気心が知れていて何よりもお父様の話を遠慮なくできる。

「ローリエ様〜。今日の講師が急用で遅れてくるそうです〜」

「では、少し時間が空きますね」

「カリス様も今ならお時間ありますよ〜」

欲しい情報を貰えて思わず笑みを浮かべてしまう。

「セリュー様。私はこれにて失礼します」

「はい。フォール公爵によろしくお伝えください」

少し羨ましそうな視線を感じるけど、セリュー様はあまりお父上の国王陛下と交流する時間がないのでその分をお父様に求めている節がある。

色々と理解もしてるし、分かってはいるけど、やっぱりお父様の娘としてお父様を独占したいと思う私は欲張りなのだろうか？

そんなことを思いながらお父様の元へと向かう。

少しでも空いてる時間にお話しして甘えたい。

そう思いながら向かった先でお父様はいつだって優しく迎えてくれる。

その笑顔と言葉だけで私は大変な王妃教育だって頑張れる。

お父様とお母様の娘であることが私の誇りでもあるから。


サーシャが体調を崩した。

昔の俺だったらできることはそんなに多くなかった。

でも、今の俺ならやれることは山ほどある。

サーシャを診察してから、薬の調合。

看病にサーシャの心を落ち着かせるために側《そば》にいて温める……うん、何かやってることいつもとあまり変わらないな。

流行病《はやりやまい》とかではないのも確認済みだし、疲れによって体調を崩したのだろうことは明白。

なるべくサーシャやローリエに負担をかけないようにしているんだけど、この国でフォール公爵の名前が大きくなる度に家族への負担も大きくなる。

するもんじゃないね、出世なんか。

好きな人を守るための地位と好きな人を養うためのお金は必要だけど、必要以上に出世すると厄介事も多くなる。

世の中柵《しがらみ》ばかりで面倒だが仕方ない。

「サーシャ、体調はどうだい？」

「旦那様のお薬で良くなってきました」

仕事をなるべく手早く片付けて、サーシャの看病にリソースを回して一晩。

顔色はかなり良くなっていた。

「師匠には遠く及ばないけど、サーシャを治せたなら学んでおいて良かったよ」

「……すみません。いつも旦那様に負担を強《し》いて」

「負担なんてないよ。むしろもっとサーシャには頼って欲しいくらいだよ」

というか、俺の方こそサーシャに負担ばかり強いている。

公国の件が片付いて、セリュー様達が一人前になればもっと負担は減らせるだろうけど、今以上にもっと家族に意識を向けるとしよう。

「……我儘《わがまま》もありですか？」

考えに耽《ふけ》っているとサーシャがそんなことを聞いてくる。

布団に顔を少し隠してるのが凄く可愛い。

「どんな要望でも応えますよ。私のお姫様」

そう答えるとサーシャは少し照れつつもポツリと言った。

「……ギュッて抱きしめて欲しいです……」

凄く可愛い我儘だった。

それ俺得なだけでは？

でも可愛い妻からそんなことを言われてやらない訳がない。

「じゃあ、失礼するよ」

「あっ……」

ギュッと優しくサーシャを抱きしめる。

柔らかい感触と温かな温もり。

これだけで二十四時間頑張れる気がする。

更にいえばこのままずっとこうしていたいくらいには幸せな時間だ。

「……ローリエ達には見せられませんね。こんな姿」

「私は見せてもいいけどね」

「……ダメです。恥ずかしいので……」

「そんなサーシャも可愛いんだけどね」

「もう……旦那様は意地悪ですね」

そう言いつつも嬉しそうに胸に寄りかかってくるサーシャ。

「さっきまで、ローリエがお見舞いに来てくれてました」

「そのようだね」

「凄く心配してくれてました。本当に心優しい子です」

「君に似たからだろうね」

「旦那様の方に似てますよ。無意識な所は特に」

　はて、どこのことだろうか。

「ミントはお粥《かゆ》を食べさせてくれました」

「上手くできてたかい？」

「ゆっくり冷まして食べさせてくれました。旦那様に習ったと言ってましたよ」

　教えたようなそうでないような。

「バジルはユリーを連れて来てくれました」

「本当にバジルはユリーに懐いてるね」

「……私としてはもっと特別な感情になりそうな気がします」

「そうなったらなったで、バジルが決めた道を応援するだけさ」

　身分差などあれこれとあるだろうけど、二人が決めて覚悟を持っていたのなら認めて背中を押すのが親としての役目だ。

「旦那様は子供達に寛容《かんよう》ですね」

「サーシャにもそのつもりだけどね」

「……分かってます。こうして甘えてるのも旦那様だからですから」

素直にそんなことを言うサーシャ。

可愛い妻の姿に思わずもう少し近くに感じたくなる。

「オニオンも大きくなってきたね」

「ついこの前まで赤ちゃんだったのに子供の成長は早いですね」

オニオンが生まれたのが本当に昨日のことのように感じる。

新しい命が宿ったと思ったら、可愛い末っ子ができてその末っ子も四歳になるか。

「落ち着いたらもう一人くらい欲しくなるね」

「そうですね」

「サーシャにはまた負担を強いることになっちゃうけど……」

「大丈夫です。少し大変なだけで、それ以上に私と旦那様の子供が生まれてくると考えると凄く幸せな気持ちになりますから」

「サーシャ……」

いかん。時間を気にせずこのままベッドでイチャイチャしたくなってくる。

この時間だと子供達も来るだろうし流石に日も高いうちにそんなことをして子供達に見られても大変だ。

その手の教育はもう少ししてから。

ローリエは王妃教育の一環で少しはその手のことも学んできてるのだろうか？

あの王妃様なら教えてそうだなぁ。

「……旦那様。何か起こるのでしょうか？」

ふと、そんなことを尋ねてくるサーシャ。

グリーン公爵の一件から、色々と裏で進んでるのに気がついているのだろう。

賢い妻だ。

「大丈夫。そうならないように動いてる。それにそうなっても問題ないようにもね」

「私は旦那様のことを信じてます。でもそれ以上に旦那様に無茶をして欲しくないのです」

「無茶はしないよ。孫の顔を見るまで死ぬ気もない。あ、でもローリエやミントが嫁に行く時は泣いてしまうかもしれないね」

「旦那様は過保護ですからね」

「その場合は慰めてくれるかい？」

「はい。存分に」

よしよしとしてくるサーシャ。

母性に溢《あふ》れすぎてる件について。

「ローリエはきっと大丈夫ですよ」

「そう思う？」

「はい。私と旦那様の子ですから。それにそれ以上にセリュー様はローリエと相性が良いでしょうから」

まあ、たしかにそれはあるかもしれないな。

ゲームとは違った変化を遂《と》げている今のセリュー様にならローリエを任せても良いとさえ思えてきた。

……少しだよ？　あくまで少し。

お父さんのボーダーラインは高いからねぇ。

「でも、こうして旦那様に甘えてる時間がやっぱり一番幸せかもしれません」

「それは同感かな」

子供達の前では見せられない夫婦だからこその顔というのもある。

サーシャ相手だからこそ見せられる顔もあるし、サーシャはサーシャで俺相手だからこそ見せられる顔もある。

そういう意味では似た者夫婦なのかもしれない。

「お仕事はまだ大丈夫ですか？」

「大丈夫なようにしてきた」

「無理はしないでくださいね」

「そのつもりだよ。だからもっとサーシャとこうしていていいかい？」

「……是非、お願いします」

そんな風にサーシャと互いの温もりを求めてまったりする。

本格的にスローライフ路線を目指したくなるけど、フォール公爵として受け継いでるものもある。

捨てるには時間もかかるし、フォール公爵家への義理もある。

せっかく国も浄化されて、新しい風も吹き始めてるのだ。

どうせだったらそれを見届けたいという気持ちもある。

だからこそ頑張っているが、やっぱりこうして家族の時間があってこそのものなのできちんとこうした時間は作っていこう。

翌日にはサーシャは全快して普段の生活に戻れていたが、ああしていつも以上に甘えてくるサーシャをもっと見たいという気持ちはエゴが過ぎるだろうか？

いつも主張の強くない妻がああして直接求めてくるのにグッと来ない男はいないだろう。

まあ、誰にも渡す気は無いけど。

サーシャは俺のものだ！

それは外でも徹底的に公言してアピールしてるので手を出してくる輩《やから》はいないが、サーシャは可愛いからなぁ。

もしもに備えておくことも忘れはしない。

過保護だろうとサーシャの夫ですからね。

サーシャが浮気するとは考えないけど、自分磨きも忘れる気はない。

サーシャがいつだってカッコイイと思える男でいたいしね。

自分磨きを怠《おこた》って、夫婦円満を崩したくはない。

好きな人にずっと好きでいて貰えるよう頑張ることこそ夫婦円満の秘訣ってね。

何れにしても、早めに無理なく仕事を減らせるようにはしないとな。

今でも手を抜けるところは抜いてるけど、俺の担ってる部分の大きさを考えるとまだもう少し分散して効率化も図りたいところ。

その為にはもっと人を育てる必要もあるか。

人材こそ何よりの宝だったか？

俺としては未来を担う子供達こそ宝物だけど、それよりも大切なものが家族かな。

何にしてもサーシャが元気になってよかった。

やっぱり日々の学びというのは大人になっても必要ということだね。

第六章　勇気と力

ゲチリカ侯爵領の地下遺跡から帝器《ていき》が発見された。

国内の地下遺跡はほぼ調べ尽くしたと思っていたのだが、ゲチリカ侯爵の持っていた愛人専用の屋敷の一つを解体したらその下に入口が隠されていたらしい。

あのゲチリカ侯爵のことだから、地下遺跡に価値を見出《みいだ》したとかではないだろうが、それにしてもそんな場所に愛人専用の屋敷を作るとは。

「フォール公爵、お待ちしておりました」

「すまないね、ライトレイくん。いや、ゲチリカ侯爵か」

「ライトレイとお呼びください。お世話になりっぱなしですから」

縁あって新しくゲチリカ侯爵になったライトレイくんとは比較的良好な関係を築けている。

お相手の紹介もしたっけか。

「それで例のものは？」

「厳重に管理してます。ご案内しますね」

ライトレイくんがゲチリカ侯爵になってから、屋敷の雰囲気も大分変わった。

ライトレイくん付きだった使用人を中心に纏《まと》まっており、華美な装飾もセンスの良いものへと変わっていた。

「ほとんど妻のセンスなんですけどね」

「仲良くやれてるみたいだね」

「お陰様で。実は先日妊娠も発覚しました」

「それは目出度《めでた》い。後日祝いの品でも贈るとしよう」

「ありがとうございます」

政略結婚ではあるが、幸せそうな夫婦仲を築けてるようで良かった。

まあ、ライトレイくんの性格と合いそうで、ゲチリカ侯爵夫人としての資質が高そうな人物を推したのでそうなってくれてホッとしてはいるけど。

「しかし念願の子供か。ネルネは大喜びだったろうね」

「ご想像通り、泣いて喜ばれました」

ライトレイくんの古参の使用人の中に乳母のネルネという者がいる。

育ての親のような存在らしく、特に強くライトレイくんを庇護《ひご》していたようでかなり出来る御仁だ。

自分の子供のような存在のライトレイくんが子を持ったとなるとその感動はかなりのものだろう。

「やっとネルネに孝行ができた気がします。ただ、僕なんかが父親になれるか少し不安で」

「最初は皆そうだよ。でも子供の顔を見たら覚悟も決まってくる」

「そういうものですか？」

「あとは奥さんのお腹が大きくなってきた時も自覚は出るかもね」

「勉強になります」

そんな話をしながら向かう先は、改装したゲチリカ侯爵の屋敷の奥の奥の部屋。

厳重な警備と身体検査を経てそこに入ると、部屋の真ん中に明らかに尋常ではない存在感を放つ一対《いっつい》の短剣を発見する。

「なるほど。これは確かに帝器のようだ」

「見ただけで分かるとは流石《さすが》です」

「前にグリーン公爵の時にも見てるからね」

ただ、グリーン公爵の時よりは嫌な感じはしない。

使用者の性質だろうか。

「しかし、よくこれが帝器だと分かったね」

見た目は普通の一対の短剣にしか見えないのでそう尋ねると、ライトレイくんは苦笑気味に答えた。

「ネルネが資料と実物を見てもしやと思ったそうです。僕としては本当かどうか分からなかったのですが……ネルネとフォール公爵が言うのなら間違いないのでしょう」

やはりあの御仁か。

ああいう人材は貴重だからなぁ。

すぐにでも我が家で雇いたいくらいだけど、ライトレイくんの元からの引き抜きは難しいだろうし、他をあたるとしよう。

「探索班の話だと、持った瞬間に取《と》り憑《つ》かれそうになったらしくて、運ぶのも大変だったようですね」

ふむ、やはり帝器には特殊な技術が使われてるのか。

使用者とリンクしてその身を糧《かて》に力を増幅させるといったところか。

前にグリーン公爵が使っていた帝器はコピーのユニットを結構な数俺が壊してしまったんだよな。

本体の方は割かし無事ではあったけど、データを取ってる途中のゴタゴタで大分ボロボロになったらしく、もう一度使うのは難しい状態になってるらしい。

まあ、なるべく帝器は使わない方針で行く予定だけど。

帝器は強力だけどその分リスクが大きすぎるようだ。

帝器を使用したグリーン公爵を調べた限り、かなり侵食されていて、生命力を糧にしていた可能性が高い。

精神汚染も問題だし、人を使い潰すつもりで使うか、余程の適合者でもないと扱えない代物という結論といったところだろう。

「どうします？　うちで預かっても大丈夫ですが」

「……いや、こちらの用意した場所に保管することにしよう」

「分かりました」

ライトレイくんはさほど帝器に興味がないようで良かった。

まあ、元々争い向きの性格でもないし、リスクが大きすぎる力なんていらないか。

ゲチリカ侯爵家を継いで色々と大変だろうし、奥さんも子供を身ごもった。

面倒事を側《そば》に置いておく理由もないよな。

「坊っちゃま、少々よろしいでしょうか」

そんな風に帝器について簡単に決めていると、音もなく部屋へと入ってきたネルネ。

「……ネルネ、心臓に悪いから音を殺して入ってくるの止《や》めてってば」

「そんなことよりも報告があります」

「報告？」

「フォール公爵にもお伝えする予定でしたが、先日我が家に忍び込もうとした賊《ぞく》についてです」

「そういえばいたね」

話によると、何かを探るように屋敷に忍び込もうとした賊を捕らえたらしい。

「口がかなり堅く手こずりましたが、どうやら公国のスパイのようです」

「……もしかして、帝器のことバレてたの？」

「いえ、そうではないようです。話によると探していたのはゲチリカ侯爵家の家系図と関係者リストのようですね」

「僕らを探られてたってこと？」

「正確にはとある人物を探していたようですね」

「とある人物？」

「詳しいことは知らされてないようですが、裏付けのために各貴族家を回っていたようです。とはいえ、最初の一件目で捕まったようですが」

公国が何かを探っているのは分かっていたが、とある人物という特定の対象がいるのか。

「それと、これはあまり確定してる情報ではないようですが……ピンク髪の者を見つけたら最優先で確保せよと本国からは命令を受けていたようです」

――ピンク髪。

その言葉にまさかと思う。

「ピンク髪とはまた珍しいね。そんな色合いはあまり見たことないし」

「……ええ。ですからもしやと思いまして」

「ああ。情報助かった」

俺の知る限り、ピンク色の髪を持つ人物は一人しか心当たりがない。

ローリエの侍女――アカリだ。

「すまないが、今日はこれで失礼する」

幸い、ローリエはパーティー関連の時はミリアを連れてることが多い。

アカリ本人が堅苦しいのを好かないという理由をローリエが尊重しているからだ。

それでもアカリがローリエの侍女という情報は知ってる人は知ってるもの。

もしも、向こうの狙いがアカリだとしたら。

そして、各貴族家を探っていた理由が『とある貴族令嬢の侍女の中にピンク髪の人物がいる』のような曖昧《あいまい》な情報だったからだとしたら。

その理由までは分からない。

どれも推察でしかない、が、なくはない話だ。

そして、裏付けと言っていたことを思うともう既に王手をかけてる可能性だって考えられなくもない。

（この騒ぎが陽動……なんてオチじゃないといいが）

確か今日はローリエはアカリを連れて教会主動の奉仕活動に参加する予定だったはず。

「ギリギリか。いや、間に合わせてみせる」

周囲に監視の目はない。

ここからなら全力で走ればそんなに時間もかからずローリエ達の元に行けるはず。

そう考えた瞬間だった。

ぞわりとした悪寒《おかん》と共に何も無い場所からナイフが俺目がけて襲いかかってきたのは。

❈

一方、その頃。

ローリエはアカリと一緒に教会主動の奉仕活動に参加していた。

王太子の婚約者としてのイメージアップ戦略……というよりは、ローリエなりに少しでも尊敬する父に近づけるようにやれることをしているという感じだ。

「はい、どうぞ」

「ありがとう、お姉ちゃん」

「まだまだ沢山あるので遠慮なく食べてください」

「うん！」

自分より年下の子供からお年寄りまで。

貧困によって日々の食料に困ってる人達は少なくない。

カリスの領地と王都の貧民街はカリスとセリュー主動の下比較的すぐに整備がされた。

働き口も斡旋《あっせん》して、治安も良くなったが、カリスの派閥でなかった領地の改革はまだまだ進みが遅い。

グリーン公爵の所は特にそうだ。

カリスが人を使って日々頑張っているが、それでも飢《う》える者は出ている。

そのフォローを教会と連携しているのだが、ローリエがここにいるのもカリスやセリューの代理という意味合いもなくはない。

公爵家の令嬢で王太子の婚約者。

そんな雲の上の存在のローリエの柔らかい対応は人々を笑顔にする。

励ましの言葉をかけて、温かい食事を振る舞う姿は天使様のようだと皆が思っていた。

「ねえねえ。お姉ちゃん」

「なんですか？」

「お姉ちゃんのお父様は英雄さんなんだよね？」

その言葉にローリエは思わず笑みを浮かべてしまう。

グリーン公爵の一件から……いや、その前からカリスの存在は一般人にとって希望と言っても良かった。

グリーン公爵の件で王都を守ったことによりカリスは一部で英雄と呼ばれている。

本人は嫌がるだろうが、ローリエとしては父の勇名が轟《とどろ》くのは悪くない。

「そうですね。お父様はとてもカッコイイですから」

自慢の父が人々に認められている。

その事実に嬉しくなりつつも、少しだけ娘としての独占欲もあるのは秘密だ。

「ローリエ様～。次もできますよ～」

本日のローリエの付き添いはアカリだ。

意外なことに料理もできるアカリはすぐに戦力になっていた。

ローリエも練習して上手くはなっているが、アカリ程手際はよくないし、ローリエがこの場に来ている意味も分かっているつもりなのでこうして食事を渡して言葉をかけることに専念する。

フォール公爵家の娘として、王太子の婚約者としてローリエには自分にできることがあると分かっているからだ。

それが後々父や母、家族のためにもなる。

良いことをして、家族の役にも立てるのなら頑張れるというものだ。

「ふう〜、流石に疲れました〜」

「お疲れ様、アカリ」

一通り配り終えると、疲れきったようにアカリがぐでぇとダレる。

普段ならミリアのお叱《しか》りが入るが、ここにはローリエとアカリしかいないので責められることはない。

「ローリエ様は元気ですね〜」

「私はアカリが作った料理を渡して言葉をかけてただけだから」

「皆凄く喜んでましたね〜」

「アカリの料理がそれだけ美味《おい》しかったのよ」

「それだけじゃないですよ〜。ローリエ様の優しい言葉が励みになってましたし〜」

「だったらいいんだけど」

ローリエは自分にできることとできないことが何かを分かっている。

これも必要なことだし、役に立ててるのなら嬉しいけど、もう少し自分にもできることがあればと思うこともある。

（そうすれば、もっとお父様のお役に立てるのに）

カリスは年々忙しくなっている。

それでもそれを表に出さず、家族との時間を減らすこともなく平然とこなしている。

ローリエにはできないことだ。

だからこそ、もっと父の役に立ちたい。

「あ～、またカリス様のこと考えてますね～」

「……アカリはすぐに見抜きますね」

「親友ですからね～」

アカリはローリエのことを親友と公言している。

侍女というよりは、友として近くにいる感じだ。

だからあまり貴族としての重い仕事には付き合わせないが、こうした時間の息抜きの会話には凄く助かる相手だ。

そんなアカリをローリエも親友だと思ってる。

性格は結構違うし、趣味や嗜好《しこう》も違うけど不思議とウマが合う。

（昔のままの私だったら、アカリと友達になれたかな？）

それはたまに思うこと。

カリスやサーシャに相手にされず、一人ぼっちの時にアカリに会ってたらどうなっていたか。

多分、アカリの明るさが眩《まぶ》しくて仲良くなれたか分からなかったかもしれないとローリエは考える。

「それで、今度は何を思ってたんですか～？」

「……もっと、私にできることが増えたらお父様のお役に立てるかなって思って」

「なるほど～。でも、ローリエ様は今でも十分すぎるくらい頑張ってますよ～」

「お父様に比べたらまだまだよ」

「……それで～？　本音は～？」

「お父様素敵」

「つまりいつも通りですね～」

ローリエのファザコン気質は割と知れ渡っているが、アカリ程詳しく聞いてる人は少ないだろう。

普段のローリエはフォール公爵家の娘として、そして王太子の婚約者としてしっかりしている必要があると考えているからだ。

それに、下の妹弟《きょうだい》達の手前もある。

だからミントが周りの目を気にせずカリスに甘える様子はたまに羨《うらや》ましくなる。

だからこそ、二人きりの時にカリスについつい甘えてしまうのだが、普段の重責を考えるとそれくらいは可愛《かわい》い方だとアカリは思う。

「英雄の話も広まってますね～」

「お父様は昔から私の英雄だから」

「確かに～。初めて会った時も凄かったですね～」

麻薬を見抜いてすぐに対応したことだろう。

ローリエとしてはせっかくの二人きりのお出掛けだったのに少し残念でもあったけど、ああしてカッコイイ父の姿を間近で見られたのが嬉しくもあった。

それにアカリと出会えたのも大きい。

「アカリ、いつもありがとう」

「急にどうしました～？」

「いえ。いつもアカリには助けて貰っていると思って」

気の置けない数少ない相手の一人なので特にそうなのだろう。

「アカリはやる気になれば何でもできるから、私の侍女でいる必要もないものね」

それこそ器量も良いので、どこかの貴族家に嫁ぐこともできるかもしれない。

または自由気ままに外に出て色んなことを見て聞いて体験してくるかもしれない。

そんなアカリが少し羨ましくもあるが、ローリエはフォール公爵家の……カリスの娘であることを誇りに思っているので今の道も苦ではない。

それでもアカリのような自由な道も少し楽しそうと思うことはなくはない。

それ以上のものをカリスやサーシャから貰っているので望むことはないけど、たまにそんなことも思う。

「ん〜、私はローリエ様の侍女がいいですね〜」

「そ、そう？」

「ローリエ様見てて面白いですし〜、ローリエ様は私がいないとカリス様の話できないですから〜」

「……もう、アカリってば」

自分の意思でこの場にいると言う親友に思わず笑みを浮かべてしまう。

アカリもくすりと微笑む。

「あ、そういえば〜。この前お城でカリス様の昔のお話をちらりと聞けましたよ〜。聞きます〜？」

「是非お願いします」

「了解です〜。ではでは〜」

と、アカリが語ろうとした時だった。


『な、なんだコイツ——ぐわっ！』

『ひっ！　なんなんだこれは――がっ！』

外が騒がしくなったと思ったら、次々に人の倒れる音が聞こえてくる。

「何かしら？」

「何でしょうね～」

外にいる護衛はカリスが厳選した猛者《もさ》ばかり。

普段なら特に不安に思うことはないけど、妙な胸騒ぎがする。

まるでそう……グリーン公爵が攻めてきた時のような。

（まさかまた……）

そう思った時だった。

キンキンキンキン！　と金属音が響いたと思ったら、扉が切り刻まれて一人の男が室内に入ってきたのだ。

「おっ。情報通りピンク髪がいるな」

ローリエには見向きもせずにアカリを見てそんなことを言う男。

「わ、私に何か用ですか～？」

扉を切り刻んだ男に恐怖した……というよりも、その男が身につけている剣から伸びてるシッポのようなものを見て声が震えてしまうアカリ。

ローリエだって同じだ。

　まるで生き物のようにグネグネと動くそれは不気味な金属音を時たまかき鳴らす。

「ウチのボスの命令でな。悪いがお前さんを連れ帰ろうって訳さ」

「私は、フォール公爵家のローリエ様の侍女なので〜、帰る場所もそこですが〜」

「いやいやいや。お前さんはそんな場所にいるべき人間じゃないのさ。ボスの子を産むための母体として存在してるんだから」

　まるで物のような言い方をする男だが、事実アカリに向ける目は必要なものを回収に来たと言いたげな様子で淡々としていた。

「しっかし、思ったよりも強い見張りがついてるものだ。そっちの嬢ちゃんの手の者か？」

　初めてローリエに視線を向ける男。

　その眼力にローリエは気圧《けお》されそうになるが、何とか答える。

「私はフォール公爵家の長女、ローリエ・フォールです。貴方《あなた》が何者かは知りませんが彼女は私の侍女で大切な親友です。連れ去るなんて真似許しません」

「ほー、勇ましいお嬢様だ。報告ではもっと大人しいと聞いてたが。まあ、いいや」

　そう言った瞬間だった。

　男が一閃すると、ローリエの隣を肌で感じるほどの剣圧が通り過ぎていく。

　一歩も動けなかった。

「あの化け物でも流石に娘にはこの手のことは仕込んでないか。まあ、ともかくお嬢様が何を言おうとこれは決定事項なんだわ。ピンク髪は連れて帰る。お嬢様の意思は関係ないの。お分かり？」

小馬鹿にするような男の言葉だが、ローリエは先程の一撃に気圧されてしまっていた。

もし男にその気があったのなら、自分は真っ二つになっていた。

その恐怖が体を硬直させる。

（これじゃあ、あの時と同じ……）

ローリエは同じような光景を思い出していた。

それはグリーン公爵が攻めてきた時。

ローリエは何もできなかった。

ただ怖くて縮こまってしまうローリエを庇《かば》うようにサーシャは前に出てローリエを守ろうとした。

今回はアカリが目の前で殺されることはない。

でも、連れていかれたらどんな目にあうか分からない。

（お父様、私は……）

ギュッと目をつぶるローリエ。

そんなローリエの脳内にカリスの姿が映し出される。

いつも穏やかで優しくてカッコイイ父は——ローリエを見て言った。

『大丈夫。何があっても必ず守る。だから――望むまま動きなさい』

（――――！）

実際に言われたかそうでないかはローリエにしか分からない。

それでも、ローリエは何があってもカリスを心底信じてる。

だからこそ――ローリエは立ち上がった。

「ん？」

不思議がる男とアカリの間に立つと、ローリエはアカリを守るように手を広げた。

「それはなんの真似だ？」

鋭く視線を向けて来る男。

怖い。でも、怖いだけだ。

だからこそローリエはキッと視線を合わせて前を見て言った。

「渡しません」

「なに？」

「アカリは私の大切な親友です。だから――絶対渡しません！」

奇《く》しくもあの時のサーシャを彷彿《ほうふつ》させるような勇ましさを見せるローリエ。

その姿にアカリは目を見張って、思わず涙を零《こぼ》していた。

（ローリエ様は、私のことをそんなに……）

だからこそ、アカリは咄嗟《とっさ》にローリエに飛びついていた。

「あ、アカリ？」

無言でローリエをただ庇うように男に背を向けるアカリ。

そんな二人の姿を見て男はやれやれと首を横に振った。

「仲良しごっこがお好きなのはよく分かった。だったら仕方ない」

そう言ってから、男は冷たい視線を向けながら剣を振りかざして言った。

「痛めつけてから目の前でお嬢様を殺して持ち帰るとしよう」

「――ダメ！」

「渡しません！」

互いを庇いあうように二人は目をつぶる。

（お父様……ごめんなさい……）

ローリエとアカリが死を覚悟した時だった。


「――させないさ」

その声が上から降ってきたのは。

「なっ——テメェは——」

「——お、お父様！」

「遅れてすまないね。ローリエ、アカリ」

ローリエの愛する父、カリスが駆けつけたのだった。


危なかった。

かなりギリギリのタイミングだったが何とか間に合った。

「お父様！」

「すまなかった。また怖い思いをさせてしまったね」

「ぐすん……いいえ。今度も助けに来てくれて嬉しいです」

恐怖と安堵から涙を目に溜めてそう笑みを浮かべるローリエ。

そのローリエを優しく撫《な》でてから、アカリのこともポンポンと優しく撫でて言った。

「アカリも。ローリエを守ってくれてありがとう。怖い思いをさせたね」

「——！　だ、大丈夫です～」

ちょっと涙目だけどいつもの調子には戻りつつあるようでよかった。

「テメェ、どうやってここに。バオンの奴は何やってたんだ！」

そうして二人の無事を確認していると煩《うるさ》いのが吠えていた。

無粋なやつめ。

「バオンとやらはひょっとして、透明なマントを使って俺を付け回してた奴のことか？

だったら叩きのめして尋問して色々喋《しゃべ》らせたぞ」

「なっ——気づいてやがったのか！」

「バレバレだっての」

変な気配が前々から近くを彷徨《うろつ》いてたのは分かっていたが、まさか透明マントとは驚いた。

話によるとどうやらそれも帝器らしいが、良い拾い物をしたということかな。

あのタイミングで奇襲さえしなければもう少し長く自由でいられたのにアホな奴だよな。

「さて、お前達の目的は分かってる。大帝国の復活にアカリが必要なんだろ？　だが、生《あい》憎《にく》とアカリは俺の娘の侍女で大切な親友だ。お前らに渡すことはない」

「そうかい」

その言葉とともに斬撃《ざんげき》を飛ばしてくる男。

それを俺は片手で弾く。

「ちっ、噂《うわさ》には聞いてたが帝器の一撃をこうも易々《やすやす》と」

ぶつくさと煩いなぁ。

「ローリエ、アカリと一緒に少しだけ待っててくれるかい？　すぐに片付けてくるよ」

「……はい。お待ちしてます」

「うん、良い子だ」

目に溜まった涙を拭ってやってから、先程から何度も斬撃を飛ばしてくる男にようやく視線を向ける。

「よう、俺を前にして悠長なことだ。随分連れないじゃないの」

「生憎と男には興味がなくてな」

まあ、女もサーシャにしか興味はないけど。

「聞いてるぜ。王国の《剣《けん》鬼《き》》っていえばこの大陸でも三本の指に入る強者ってな」

「そりゃどうも」

「だが、公王陛下の足元にも及ばない」

「じゃあ、私より下のお前はそれ以下ということだな」

「減らず口を。いいからさっさとピンク髪を渡せ！」

そう言って男は斬りかかってくる。

中々速いな。

素の身体能力だけではなく、使ってる不気味な剣の帝器の力も影響してそうだ。

だが、その程度か。

「なっ――馬鹿な！」

ソフトタッチを意識して指一本で止めてみる。

ふむ、案外脆《もろ》そうだな。

力は込めない方がいいか。

「まさか貴様も帝器を――」

「勘違いするのは構わないけど隙を晒《さら》しすぎ」

「へ……ぶぼっ！」

計五十発の打撃で一気に意識を刈り取ることにする。

剣で相手をしても良いが、こういうタイプは自分の力に絶対の自信を持ってる。

素手で叩きのめした方がメンタルへのダメージも深いだろう。

「こ、この……」

キキィ、と不気味な金属音と共に尾のように剣から垂れてるものが切っ先をこちらに向けて突っ込んでくる。

その最後の悪あがきを俺はデコピンで弾き飛ばして終わらせる。

「は、はは。なんだよ」

男は意識を失う寸前でその目を諦めに染めて呟《つぶや》いた。

「化け物以上じゃねぇか……」

よく言えたものだ。

こんな不気味な帝器を使っておいて。


「さてと」

男を縛り上げて、ローリエとアカリから離れたところで逃げ出せないように手足を折ってから援軍に護送を任せて、俺はローリエ達の元に戻る。

「お父様！」

俺の姿を確認するとローリエが抱きついてくる。

「よく頑張った。えらいぞローリエ」

「うん……うん……」

えぐえぐと涙を洩《も》らしてギュッと抱きついてくるローリエ。

そんなローリエをポンポンと慰めつつ、アカリも手招きする。

最初は少しだけ戸惑っていたけど、アカリは我慢の限界が来たようにローリエを挟むように俺に抱きついて泣き出す。

二人には怖い思いをさせてしまった。
本当に悪いことをしたな。
そう思いながら泣き止むまで二人を優しく慰めつつ、俺はある決意をする。
一度ならず二度までも俺の家族を傷つけようとした。
一度目はグリーン公爵という身内だったとはいえ、手引きしたのは公国だ。
そしてこうしてまたローリエに怖い思いをさせた。
俺の大切なものを害する存在は何だろうと許す気はない。
だからこそ、決めた。
徹底的に公国をぶっ潰すと。
もっと言えば大帝国を完膚《かんぷ》なきまでに叩き潰すと。
これは宣言ではなく確定事項だ。
だからこそ、今はローリエ達が泣き止むまで側にいて慰める。
怖かったろうに勇気をだして友達を守ったローリエを俺は心から誇りに思う。
本当に優しい子だ。
ご褒美も考えないとな。
アカリもローリエを守ろうとしてくれた。
その気持ちには報いないとな。

結局、ローリエとアカリが泣き疲れてしまったので俺は二人を抱っこして連れ帰ったの
だが、本当に頑張り屋さんな子達だ。
だからこそ――俺が守らないとね。

第七章　VS公国

「ローリエさんが襲われたそうね」

数日後、どこからともなく聞きつけてきたセレナ様が相変わらず警備の目を掻《か》い潜《くぐ》って執務室までやってきた。

つまりいつも通りということだ。

「耳が早いですね」

「狙いはアカリさんだったの？」

「ええ、そのようです」

「そう。やっぱりね」

意味深なことを言う王女様。

「何か情報でも？」

「乙女ゲーム関連って言えば分かる？」

「……具体的には？」

「あら。流石《さすが》に知らないみたいね。まあ、私も最近思い出したんだけど」

この王女様のことだ。

乙女ゲーム関連まで出てくるとなるとまた嫌な話になりそうだが。

「実はね。アカリさんが大帝国の皇族の血を引く生き残りって設定があるのよ」

「……アカリが大帝国の血を。それでですか」

「流石に設定資料集までは読み込んでないみたいね」

「存在は知ってますよ」

読んだことはないけど。

「まあ、私も一度しか目を通してないし、ゲーム本編にはなんの関係もない設定だから忘れてたんだけどね」

もう少し早く思い出してくれても良かったのでは？

まあ、この王女様のことだし文句は言うまい。

「大帝国の皇帝としては本来の血筋を残したいのでしょうね」

「……まさかとは思ってましたが、アカリは」

「あら？　もしかして気づいてなかったの？　アカリさんは乙女ゲームのヒロインよ」

……うん、見覚えがあるとは思ってたけどまさかヒロインを拾ってくるとは。

うちの娘は見る目があるなぁ。

「まあ、今のアカリさんが攻略対象と恋に落ちることはなさそうだけどね」

「そうですか？」

「むしろローリエさんとくっつきそうで弟が不憫《ふびん》だわ」

二人は親友なんだけどなぁ。

「友情が愛情に変わる百合《ゆり》漫画知ってる？」

「それ以上の説明は無用にお願いします」

そうなったとしても、ローリエが選んで幸せと思えるなら応援するだけ。

まあ、流石にそうはならないだろうけど。

……ならないよね？

「何《いず》れにしても向こうは今後も積極的にアカリさんを狙ってくるでしょうね。何があっても手に入れたいでしょうし」

「無論、そうはさせませんよ」

「娘と将来敵対するかもしれない相手を守るの？」

面白がるようにそんなことを言うセレナ様。

分かってるくせに言わせる気か。

「さっきご自分で言ってたじゃないですか。アカリが攻略対象と恋に落ちることはなさそうだと」

「ええ、その代わりローリエさんルートになりそうとも言ったわね」

「……ローリエを傷つけるのなら誰だろうと許しません。でも、今のローリエにはアカリが必要です。それに前途ある子供を守るのも大人の務めですから」

「そう、相変わらずね」

　向こうも長い付き合いで俺の性格を理解してると言わんばかりの呆《あき》れた様子だ。

　理解し尽くされるならサーシャ達がいいんだけどなぁ。

「マクベスくんが戦争に行くなんて事態にはならないようにしなさいよ」

「そんなに長引かせる気はありませんよ」

「そうよね。もう動いてるみたいだし」

　流石に耳が早いな。

　敵に回すと厄介だが、向こうとしてもマクベスとのイチャイチャライフを乱す存在は許せないという点があり利害は一致する。

「期待してるわよ。《剣鬼《けんき》》さん」

「こちらこそ期待してますよ。《黒姫《くろひめ》》様」

「何それ？」

「巷《ちまた》でのセレナ様の二つ名ですよ」

「確かにマクベスくんの隣にいるお姫様は私しかいないわね」

都合の良い解釈をすることで。

きっと腹黒姫とかの黒なんだろうけど、藪《やぶ》をつついて蛇を出しても面倒だしスルーだな。

さて……やりますか。


公国の王城。

かつては和気あいあいとしていたその場所は現在は形を変えていた。

私語は一切なく、常にピリピリとした緊張感の漂《ただよ》う城は日頃から戦場のようであった。

全ては新しい公王になってからだ。

古くからの家臣は全て切り捨てられて、新しい公王の目にかなった者だけが残るシステム。

新しい公王はクーデターという形で国を自分の物にしたが、それは速やかに粛々と行われた。

諸外国に絶対に悟らせない動きは未来を見据《みす》えてるようだと思う臣下もいたらしいが、実際に未来予知でもするように公王の言葉は現実になっていく。

『余にそなたらの全てを差し出せ。さすれば夢を見せてやろう』

それが即位後の第一声だった。

今の公王には謎のカリスマが生まれつき備わっていた。

元は前公王の妾《めかけ》の子であったが、その才を発揮して有能な家臣を集めて念入りに準備をして国を取った。

歳《とし》は二十歳《はたち》を過ぎた頃。

凛《りん》とした顔立ちと鋭い眼光。

猛禽類《もうきんるい》を思わせるその顔立ちはまさに獲物を狙う鷹《たか》のよう。

公王は即位に際して名を変えた。

『アストロゼウス・アングリア・エペングリス』と。

その名はかつて、この大陸を支配していた大帝国の皇帝のものだ。

『余はこの世に再び時代を築く』

その言葉に民は沸き立つ。

全ての者ではないが、それだけ支配者としての魅力があったからだ。

前公王の時代は良くも悪くも停滞していた。

戦争も貧困もないがとにかく緩やかに停滞してるような状態。

汚職が徐々に進み始めて、小さな不幸が積み重なっていくような絶望感。

それらを一掃する風のようだと思う者が多かったからだろう。

無論、反対の者もいた。

しかしそういった者はすぐに消される。

結果として誰も逆らう者がいない独裁政権となったのだ。

全ての権力を統合して、軍の拡張と強化を始め国を思うままに強くしていく公王。

公王は切り札としてかつての大帝国の遺物——通称『帝器《ていき》』と呼ばれる兵器を各地から集めた。

それらはどれもリスクが大きい分絶大な力を持つ。

それで益々《ますます》公王は安泰《あんたい》となる……はずだった。

「ふむ、グリーン公爵がやられたか」

「はい。それはもう愉快に散っていったようです」

公王の腹心にして、グリーン公爵に帝器を渡した男——名をガクトと言う。

ガクトはそう楽しげに公王へと報告をした。

この男、優秀なのだが少々破滅思考が強く、他人の滅びを是《ぜ》とする面がある。

そんな所も公王は気に入っているのだが。

「帝器のお披露目としては地味だが何にせよ、少しは歯ごたえのある者がいるようだ」

公王は即位の前から、各国に内通者を飼っていたのだが、王国の内通者の中で最も力の大きかったグリーン公爵は失脚し、最後の悪足掻《わるあが》きの帝器の使用も大惨事にはならなかった。

「討ち取ったのは《剣鬼》か」

その名は公王も聞き覚えがあった。

武において恐らくこの大陸でも屈指を誇った存在。

王国の《剣鬼》といえば知らない者がいないレベルの大物だからだ。

「武力だけの男だと思っていたが……中々どうして楽しませてくれそうだ」

その時はその程度の認識だった。

王国の内通者がいなくなろうと、多少侵略の順番が変わるだけ。

そう思っていたのだが、公王としては無視できない情報が入ってきたのだ。

「何？　ピンク髪だと？」

「はい。それはもう鮮やかな色合いのピンクの髪の少女がいるそうです」

公王は即位の前から側室は持っても正室は持たなかった。

その候補が見つからなかったからだ。

だが、その情報と知らされた容姿からこれ以上ないくらいの候補を見つけた。

「くっくっく。王国にいるとは。どこまでも因果なものだ」

公王は転生者だ。

それもかつての大帝国の皇帝本人。

皇族の直系に生まれると女にはピンク色の髪の色合いが必ず遺伝する。

それは確定事項であり、皇族の絶対条件だった。

中身は皇帝本人だろうと今世の体は公国の王族のもの。

何とかしたかった公王にとってこれ以上ない僥倖《ぎょうこう》だった。

「すぐに確認して連れてこい。邪魔をするようなら帝器を使ってでも必ず奪ってくるのだ。抵抗するなら多少痛めつけても構わない。必ず連れてくるのだ。余の妻となる女をな」

その命令に対して、最適な人間を数人王国へと送り込んだ。

抜かりはなかったはずだったが、それらは全て失敗に終わった。

「なに？　全滅だと？」

「はい。送り込んだ刺客《しかく》は全員瞬殺。実に愉快な話です」

どんなやられ方をしたのか、その悲惨さに心を躍らせ、恍惚《こうこつ》の表情を浮かべるガクト。

対して公王は顔色を変えずに問うた。

「相手は《剣鬼》か？」

「ええ、そのようです」

ついでとばかりに公王に報告されたのは、公王が求めているピンク髪の少女は《剣鬼》の娘の侍女《じじょ》で身内のような扱いの存在という情報。

「また《剣鬼》か。どうやら余は認識を誤っていたようだな」

思惑の埒外《らちがい》にいる存在には慣れているつもりだったが、こうも読めない相手は久しくいなかった。

ただ強いだけの相手なら与《くみ》しやすい。

それだけの相手を何千、何万、何十万と屠《ほふ》ってきたからこそ公王は分かる。

《剣鬼》には何かあると。

「《剣鬼》の詳しい情報は？」

「こちらに」

嗜好《しこう》がおかしかろうと、有能な腹心は主《あるじ》が興味を持つことを察しており、既に《剣鬼》の情報を調べられる限り調べていた。

ただ、あまり多くはない。

「中々ガードが堅くなりましてね」

「ほう、お前がそんなことを言うほどか」

前の王国なら内通者などいなくても全て調べがついていた。

しかし、今の王国には有能な腹心でも得られなかった情報があるという。

しかもそれらはある時期と重なっていた。

（ふむ。どうにも被るな）

公王は情報を元に《剣鬼》が自分と同じ転生者であると確信した。

（しかしこのような相手、余の時代にいたのならもっと楽しめたもの。別の時代というこ

とか。あるいは別の世界か）
　くつくつと愉快そうに公王は笑う。
「やはり生身は良いものだ。こうして予想もつかない相手を見つけてこその我が覇道」
　公王は未知を好む。
　武力も知力も魅力も権力も暴力も謀略《ぼうりやく》も全てを好む。
　破壊も是とすれば、平和も是とする。
　公王はかつてと同じく大帝国をもう一度この世に築く。
　それは絶対の決定事項。
　だが、それ故《ゆえ》に退屈もしていた。
　かつてより、公王に張り合える者はこの時代にはいなかったからだ。
　武を極めた武人が何人束になって掛かろうとも公王には勝てない。
　どれだけの知謀を用いて戦おうと公王には届かない。
　権力争い、金、女。
　どんなジャンルだろうと公王に負けはない。
　大帝国が滅んだのも公王の計算のうちだった。
　ただ、転生したことには驚いた。
　公王は不老不死や転生の術を知っていたがそれを用いることはしなかった。

一生に一度の生だからこそスリルがある。

だからこそ予期せぬ転生に少々不服でもあったが、転生したからにはかつてと同じ場所には行かないといけない。

たとえその先が退屈だとしてもだ。

だが——

「此《こ》度《たび》は楽しめそうだ」


数日後。何名かの騎士が公王に呼び出された。

公王に絶対の忠誠を誓う者もいれば、そうでなく仕事として忠誠を誓ってる者もいる。

それぞれの事情もあるが、それでも一つ明確に共通する思いがあった。

公王は人智を超えた存在。

そう思うくらいに公王は他を超越していた。

だからこそ、恐《おそ》れ戦《おのの》き畏敬《いけい》の念を抱く。

「余は嬉しい」

騎士達が跪《ひざまず》くのを見て、公王は玉座に座ったまま口を開いた。

「どれだけの策士が相手でもこうも胸が躍ることは少なかった。だからこそ残念だ」

ギン！　とその鋭い眼差しを一人の騎士へと向ける公王。

「そなた。名は確かハモンだったな」

「はっ」

「実に上手い演技だ。実際に見るまで気づかない相手は久しぶりだ」

「……何の話でしょうか？」

「余はな。余に仕える臣下の顔は忘れることはない。逆らった愚か者も愉快だった相手も」

ぞくりと背筋が凍るような感覚を居合わせた者達は一様に感じる。

全てを見透かして、楽しんでるような口調。

「《剣鬼》。名は確かカリスだったな。そなたの主は実に上手く潜り込ませたな」

「……私は」

「責めている訳ではない。むしろ感心してるのだ。先を読んでたにしてもこうも見事に懐に入られたのはいつぶりだったか」

その言葉に一瞬表情を崩しかけた騎士は何とか平静を取《と》り繕《つくろ》って答える。

「私は公王陛下の忠実なる騎士。《剣鬼》などという輩《やから》に心当たりはありません」

「騎士であるならその答えは失格だ。かの《剣鬼》を知らない騎士はただのペーペーか物事を知らない赤子か……はたまた嘘《うそ》つきか」

その言葉と同時だった。

懐から何かを取り出した騎士がそれを床に叩きつけると、部屋中が煙まみれになり、視界を塞《ふさ》いだのだ。

「ほう。面白い遊具を持ってるな」

毒性はなく、ただの目くらましだと公王は見抜いていた。

故にそのまま逃がすことにした。

「陛下。ご無事でしょうか」

「うむ」

「では、すぐにあの者を捕らえてきます」

「それはなしだ」

「なし……ですか？」

「うむ。あのような演技の上手い役者を殺すのは惜しい」

「お戯《たわむ》れを」

「なに。生かして返すからこそ意味があるのだ。黙って余の言葉に従え」

猛禽の視線にすくみつつ騎士は頷《うなず》く。

「さぁて。どう出る《剣鬼》？」

その答えが分かったのは更に数日後。

「なるほど。流石に手が早いものだ」

楽しげに笑う公王の目の前には震える兵が数名。

それらの兵達は皆、生き残った公国の王族――特に才があって残す意味のあった者達の見張りについていた者達だ。

ほとんどの王族は公王の即位の時に処刑した。

今世の肉親だろうと無能で今後不要なら関係はない。

だが、才のある若い者は別だ。

いつかその才を活用して、親族を殺した公王に復讐をしてくるかもしれない。

退屈しのぎの一つに過ぎないので、どうなっても構わなかったのだが、そういった者達が皆見張りの目を逃れて国外に逃亡したのだ。

いくら才があろうとそんな人脈を築いていた者達でないのは分かりきってる。

であれば、誰がやったのか。

「余の後釜《あとがま》を確保したということか。なるほど、勝つ気満々だな」

「に、任務を全《まっと》うできず誠に申し訳――」

「謝るということは後ろめたいことがあるということだ。非を認めて進まぬ者に先はない」

普段ならつまらない謝罪をした兵の首を刎《は》ねるくらいはしたのだろうが、今の気分の良い公王はそんなことをする気はなかった。

どんな手段を使ったのか。

忍び込んでる間に知られた情報の中にはなかったはずの生き残ってる王族の情報。

それらを活用してまんまと公王の目を盗んで連れ出すことに成功した手腕。

見事としか言いようがない。

「どうやら王国へと逃れたようですね」

「そうであろうな」

「陛下の首を取るための大義名分としては及第点ですね」

「馬鹿を申せ。それ以上だ」

連れ出した者の中に、公王の恐怖を知っており、逆らう気力すらなかった者も何名かいた。

たとえ逃げられるとしても、その者達はすぐに見つかって殺されると分かっていたはずだ。

なのに、一緒に連れ出されて王国へと逃げ延びてる。

「口の回る詐欺師《さぎし》も飼ってるようだ」

どんな手駒を持っているかは関係ない。

どんな手駒をどう使うかが肝となる。

それだけの人材を手元に置いており、これだけ危険な場所へと入り込ませる程に信の置ける主がこの世にどれほどいるだろうか。

忠誠心の高い者は探せばいるものだ。

だがその中のどれ程が優れた主を持っているかと聞かれればその答えは至極残念なものになる。

「向こうに新しく送り込んだ刺客はどうなってる？」

「全滅ですね。定時報告が無いので偵察隊を向かわせましたが帝器と一緒に回収されてるようです」

「ふむ。となればそろそろあれも発動する頃か」

公王が帝器の存在を王国に仄《ほの》めかしたのは戯れだけではない。

強い兵器という印象を持たせて戦術の幅を広げる意味もあった。

帝器とは全てが完璧な完成品ではない。

公王——大帝国の皇帝の叡智《えいち》を何とか人類が再現した結果の産物でしかないからだ。

そして、皇帝は愉快なものを好む傾向にある。

「さて、こちらからの贈り物にどんな反応をするか」

まるで恋《こ》い焦がれる少女のように愛おしそうに呟《つぶや》く公王。

普段の凜とした姿とのギャップと同性でもドキッとする艶《つや》やかな表情を前にして平静を保てているのは、ナチュラルに狂ってる腹心ただ一人だったというのもカオスな話である。

「申し訳ありません。まさか気づかれるとは」
「いや。良くやってくれた。ゆっくり休んでくれ」
「御意」

送り込んでいた密偵の一人が勘づかれた。

話に聞く公王はかなりのものらしい。

一番立ち回りが上手かったはずの者が看破されたとなれば、他もある程度で引かせるべきか。

何にしても有難《ありがた》い情報を貰った。

公王はほとんどの肉親を処刑したが、何人かの若い者は軟禁してるらしい。

公王を倒した後に公国をどうするか考えていたのだが、適任者がいるなら話が早い。

見つかった密偵の話によると、軟禁されてる王族の中でも、前公王の五男にあたる人物が人格的にも能力的にも特に後の公国を任せても問題ない人物のようだ。

それ以外の王族も何かしら才のある者達らしい。

どんな意図でそんな人達を残してるのかは不明だが、使えるものは何でも使おう。

そんな訳で、次の日には公国の生き残り王族奪還作戦を決行した。隠密に向いてる者、臨機応変に対応できる者に加えて更に口の上手い者も同行させたので比較的スムーズに王族はエスコートできたようだ。

「貴殿は……フォール公爵殿ですか。まさか貴方《あなた》が私達を助けてくれるとは」

前公王の五男であるライオネルが、俺の姿を見て凄くびっくりしていたけど……もっと脳筋な男と思われていたのだろうか？

「ご無事で何よりです。ライオネル殿下」

「もう殿下などと呼ばれる立場ではないが……貴殿がその地位まで連れて行ってくれるという認識で良いのか？」

「ええ。公王を倒した後をお任せしたいです」

「簡単に言うが……あれに人の身で勝てるのか？」

「勝機はあります」

何故《なぜ》か公王はこの状況を楽しんでるらしい。

舐《な》めプかましてくるということもないだろうが、それでもこちらが太刀打《たちう》ちできる隙をわざと作ってる点から見ても何とかできる可能性は十分にある。

それに、そもそもの話が別というか。

「ライオネル殿下。私は公王を許す気はありません」

「無論だ。父はどうでもいいが母や妹を殺したことを私も許せない」

「ではご協力願えますか？」

「……貴殿が何故公王を許せないのかを聞いてから判断したいが如何《いかが》か？」

「無論です。私が許せないのは私の大切な家族を傷つけようとしたからです」

「……何だか理由としては弱い気がするが」

「いいえ、殿下。私は決めてるんですよ」

「決めてる？　何を？」

疑問符を浮かべるライオネルに俺は素直な気持ちを口にした。

「私の愛する家族を傷つけるのなら誰だろうと容赦はしない——と」

その言葉にぶるりとライオネルが震える。

「……凄《すさ》まじいな。貴殿にあの化け物以上の迫力を感じた。ここまでの手引きといい、なるほど、貴殿ならあの化け物を打ち破れるかもしれないな」

「では」

「ああ、貴殿を信じよう。どのみち他に手はないしな」

「交渉成立です」

素直に従ってくれて助かる。

説得の手間がなくていい。

更にしばらくして。

帝器使いの刺客が何人か送られてきたが、違和感を覚える。

どの相手もさほどの使い手ではないからだ。

誤差の程度のような違和感。

それが間違ってないと分かったのは、倒した刺客から帝器を離そうとした時のこと。

ゾワッと嫌な感じがした瞬間、俺は刺客ごと帝器を超上空へと投げ飛ばしていた。

突然のことに驚く部下達には悪いことをしたが、次の瞬間空を爆煙が染めたのを見て間違った判断ではなかったと納得もする。

「い、今のは一体……」

「恐らく帝器に仕込まれていたものだろう。いや、ひょっとしたらあれがあの帝器の能力なのかもしれないな」

「まさか味方ごと自爆するものだとでも？」

「知って日は浅いがますます公王を嫌いになったな」

帝器の存在をこちらに知らせたのはこうした手を使いやすくする目的もあったのだろう。

帝器の使い手は必然的にそれなりの強さを要求される。

グリーン公爵は例外だが、実際戦ってきた帝器使い達は皆帝器抜きでもかなりの強さだった。

「遊びのつもりだとしたら胸糞《むなくそ》悪いな」

どうでも良い他人だろうと家族がいると考えると胸糞も悪くなる。

遊びのつもりでこんなことをしているとしたら、益々手早く片付けないとな。

「例の者達は？」

「接触は気づかれてるようですが、問題なく賛同は得ています」

「上手くやってるようだな。ならもう少し早く進むか」

前々から何があっても行けるように仕込みだけはしてきたので、後は芽を吹くのみ。

面倒くさいけど、こんな相手をずっと野放しにしては俺と家族の穏やかな日常は来ないだろう。

（早く終わらせて、サーシャやローリエ、ミントにバジル、オニオンと穏やかな日々を迎えよう）

そのモチベーションで頑張る。

セレナ様の手勢も借りられてるし、想像以上に上手く事は運んでいる。

見抜かれること前提だが、それでも向こうは面白いと乗ってくる可能性の方が高い。

「さぁて。逃げる訳ないよな公王」

❈

公王は玉座で報告を受けて愉快そうに笑う。

「空に打ち上げるとは何とも愉快なやつだ」

「爆発の方も上手い言い訳を用意したみたいですね」

「それはそうであろう。この程度見抜けないと余の遊び相手には不足だからな」

見抜けない訳ないとは思っていたが、被害の出ない遥《はる》か上空まで投げ飛ばすという発想はなかった。

「まさに脳筋というやつよ。脳みそが筋肉だからこそこのような真似もできるのであろう」

「それと、反陛下派と接触してる者達がいるようです」

「あのような愚物をどう使うのか。それによって遊び方も変わりそうよのぅ」

わざと残してる中でも、今の公王の政権への反対派閥はあまり出来が良いとは言えない。

公王を恐れて震えているだけの、他力本願に革命を待つ無能ばかり。

もっと歯ごたえのあるのが残れば良かったが、今となってはどうでも良いことだ。

「余は久方ぶりにこうして遊び相手と相見《あいまみ》えた」

「左様ですか」

適当に返事をする腹心。

その様子に愉快と笑いながら公王は言った。

「だからだろうか。こうして離れて遊ぶのも良いがせっかくだ。直《じか》に会いたくなった」

「では戦《いくさ》と行きますか？」

「いいや。まずは余が直接会いに行く。どんな男か気になるしな」

その言葉に腹心が頷いた瞬間だった。


「それには及びませんよ」


不意に覚えのない声が聞こえてくる。

室内には間違いなく公王と腹心だけ。

だが公王は一瞬の驚きから愉快な視線を隣の柱に向けて言った。

「そなたが《剣鬼》か」

その言葉にゆっくりと姿を見せるのは、紛れもなく本物の《剣鬼》――フォール公爵家当主のカリス・フォールその人だった。

「余に勘づかれることなく入ってくるとは思っていた以上にやり手のようだ」

「恐れ入ります」

「なるほど。噂《うわさ》以上の存在のようだが、余に会いに来るとは余が恋しくなったか？　伽《とぎ》ならいつでも付きおうてやるぞ」

「お戯れを。私にはそんな趣味はありません」

「そうか。この世の全ての贅《ぜい》を貪《むさぼ》るとその良さも分かるのだがな。それもまた一興というやつだ」

　その言葉と共に、カリスの背後を取っていた隠密の奇襲がカリスを襲う。

　完璧なタイミング。

　察知することも、避けられるはずもないその一撃は——しかしてカリスに当たることはなかった。

　カリスは最初から気配に気づいていた。

　タイミングがバッチリということは、カリスにとってもカウンターにはバッチリということ。

　あっさりと意識を刈り取ってからなるべく遠くへ、外へと投げ飛ばすと数瞬後にそれは大きな爆発として空に放たれた。

「愚か者め。余の邪魔をするからだ」

　その光を冷めた目で見てから、一転して熱い視線をカリスへと向ける公王。

「それに比べてそなたは良いな。久方ぶりだ。こんなに昂《たかぶ》ったのは」

「楽しませるつもりで来た訳じゃないんですがね」

「そう言うな。せっかくだ、遊んでいくといい」

そう言うと一足で踏み込んでくる公王。

その動きはこれまでカリスが見てきた中で最速の動きで、昔のカリスであれば対応できない速度。

だが、転生カリスは問題なくそれを避けると向かってきた拳をあっさりと止めてみせる。

「――素晴らしい。余は感動したぞ」

「恐れ入ります」

「ああ。このまま睦《むつ》み合《あ》いたいものだ」

うっとりと、恋する乙女のような視線がカリスに向くがカリスは無表情のまま答えた。

「謹んでご遠慮致します」

「ならば余は王国に戦を仕掛けよう。それをもってそなたを余のものにする」

「生憎《あいにく》と私のこの身は家族に捧げてますので」

「ほう。母国ではないのだな」

「公王陛下。私は貴方を許しません」

「ふむ。何故だ？」

「私の家族を傷つけたからです」

「そんな理由で余を倒すと？」

「ええ、その通りです」

その答えに——公王は心底愉快そうに笑い声をあげた。

「いいな。やはりそなたはいい」

くつくつと心から楽しそうに公王は言った。

「余を知って尚《なお》そんな理由で刃向かってくるのは愚か者か死にたがりだけだが、そなたはそのどちらにも当てはまらない。実に愉快。実に痛快だ。故に——ますます欲しくなってきた」

そう微笑《ほほえ》んでから、公王はすっと身を正すと王としての威厳のある声でカリスに告げた。

「我が公国——否《いな》、『大帝国』は王国に対して宣戦布告をする。猶予《ゆうよ》はこれより一週間。一週間後に王国は大帝国の最初の領地となり、そなたは余のものとなる」

突然の宣戦布告。

本来であれば想定外のその言葉にカリスは特に驚いた様子もなく答えた。

「では、宣戦布告を受けたので王国はこれより防衛のために公国に軍を向けます」

その言葉とともに駆け込んできた伝令から知らされた内容を聞いて、実に楽しそうに狂ったような笑みを浮かべて腹心は報告した。

「陛下。どうやら王国軍が既に我が国の近くに展開されてるようです」

「ほう。そんな報告はなかったはずだが」

「どうやら反陛下派の筆頭をしていた者が暗躍していたようです。情報を攪乱《かくらん》して陛下の認識を遅らせたのかと」

「――ああ、あやつか。生きておったとは。そしてそれを見つけるとは大したものだ」

厄介な相手でもあったので確かに殺しておいたはずが、何の因果かカリスの手勢として動いていた。

本来であれば不快な話だが、公王――否、皇帝は全てを心から楽しんでいた。

だからこそ、熱い視線をカリスに向けて言った。

「そなたには楽しませて貰ってばかりだ。だからこそ、軍が整わずとも素敵な仕掛けを用意しておくのでまた遊びに来るといい」

「ええ、そのつもりです」

元々、宣戦布告を読んでいたカリスは形だけの軍を引き連れてきただけで、その軍を真っ向から公国の軍隊と戦わせる気はなかった。

こうして準備の整ってない敵地を用意して個々での戦いに持ち込みたかっただけなので、多少の戦闘以外はカリスとカリスの精鋭で受け持つつもりだった。

つまり、ここまではカリスの思惑通りということ。

公王はそれを分かってなおカリスを欲した。

これほどの相手は記憶にある限りでも存在しなかったからだ。

「余の元まで再び辿《たど》り着《つ》けたらこの首取らせるとしよう。負ければそなたは余のものだがな」

「ええ。また来ます」

その言葉と共にようやく騒ぎに気づいた騎士が玉座の間に入ってくるが、次の瞬間にはカリスは忍者のように姿を消した。

「さて、余はさしずめヒーローを待つプリンセスといったところか。これは愉快な催しだ」

慌てる騎士達を見てそうほくそ笑む皇帝。

「初めて余の首を差し出しても良い相手に巡り会えた。転生というのも悪くないな」

くつくつと笑う皇帝は心からカリスの訪問を待つ。

今度は殺すつもりで相対するために。


——そして、殺されるつもりで相対するために。

第八章 悪役令嬢の父親と大帝国の皇帝

時は少し遡《さかのぼ》る。

セレナの協力とセリューも交えた連名で軍を出すことが決まり、その準備で家を空けるためカリスは家族成分を摂取していた。

そんなに長く空ける気はないが、寂しいものは寂しい。

「パパ、お土産待ってるね」

「良さそうなものがあればね。期待しておくといい」

「はーい」

少し出張に行ってくるという言葉を信じてるミントはギュッと抱きついてからニコニコと見送る。

「お父さん。いってらっしゃい」

「ああ。こっちは頼んだよバジル」

「うん」

何かあるのだろうと思いつつも、素直に頷《うなず》くバジルは少し照れくさそうに抱きついてからユリーの元にすぐに戻る。

「おとしゃん、おとしゃん」

「うん、オニオン。すぐに帰ってくるよ」

「うい」

末っ子オニオンは留守番は任せろと言わんばかりに得意げだ。

「お父様」

そして、最年長のローリエはこれからカリスが何をするのか知っている。

情報を伏せてようと、ローリエはカリスの娘でセリューの婚約者だ。

また、多くの令嬢を派閥に加えており、その情報網も広く、更にはセレナの友達でもある。

アカリの件から、カリスが具体的に何をしてきたかまでは分からないが、これから決着をつけに行くのはよく分かっていた。

だからローリエは何を言えばいいか分からなくて言葉に迷ってしまう。

そんなローリエを見て、カリスは屈んでローリエに視線を合わせると優しく微笑《ほほえ》んで言った。

「大丈夫。何があっても必ず戻ってくるから。お菓子でも作って待ってなさい」

いつもと変わらぬカリスの笑み。

それはローリエの内心を全て分かった上で、安心させるに十分な効果を持つ。

「……うん。待ってる」

「良い子だ」

「お父様の娘ですから」

「そうだね。自慢の娘だ」

「えへへ」

そうしてローリエをそっと抱きしめてから、最後にカリスはサーシャに視線を向ける。

「旦那様。こちらを」

そう言ってサーシャが渡してきたのは見覚えのない剣だった。

「これは……もしや、鍛冶師エリアの作品かい？」

フォール公爵家の紋章の横に彫られていた作者を示す模様は覚えがあった。

カリスの前の前の世代から生ける伝説として名の通ってる女鍛冶師エリア。

現在はかなりの歳《とし》ながらも世界各地で目撃情報がある謎に満ちた存在。

本人もかなりの変わり者で、余程気に入った者でないと剣を作ってもらうことすらままならないという。

「どうやってこれを」

「少し前に、ローリエとお忍びで出掛けた時にお会いしました。旦那様のことは知っていたようですぐに作ってくださりました」

その言葉に嘘《うそ》はないが、それだけでもなかった。

最初はカリスには多少興味はあっても、それだけで剣を作る気がエリアにはなかった。

その気持ちを変えさせたのはサーシャとローリエの想いだ。

『お願いします。旦那様を……旦那様のことを守れる剣を作ってください』

『お願いします』

サーシャは前々からカリスの身を案じていた。

カリスの強さはよく分かっている。

それでも、大切な人に何かしたい。

少しでもカリスの力になりたい。

そして自分達の元に無事に帰ってこられるように。

サーシャとローリエは必死にエリアに頼み込んだ。

その真っ直ぐな気持ちはエリアにもよく伝わった。

サーシャとローリエのカリスへの深い想いに感動したエリアは二人の気持ちを込めた剣を作ってみせた。

それこそが、カリスが手にしている剣だ。

「――そうか。ありがとうサーシャ。ローリエ」

そっと二人を抱きしめるカリス。

「旦那様。ご武運を」

そっと、口付けをするサーシャ。

カリスが何をするのかサーシャも勿論《もちろん》知っている。

不安もある、心配だってある。

それでもサーシャはカリスを信じている。

子供達の手前ということもなくはないが、サーシャはカリスの妻で子供達の母親だ。

そして、サーシャにできることはカリスの帰ってくる家を守ること。

「お帰りをお待ちしております」

「——ああ。行ってくる」

「はい。お気をつけて」

サーシャを優しく抱きしめてから、お返しと言わんばかりに口付けをしてカリスは屋敷を出る。

新しい剣を腰に下げ、家族の愛を受け取ったカリスに不安はない。

相手は未知数の強敵。

そしておそらく同じ転生者。

だが負ける気は毛頭ない。

早く片付けて家族の元に帰る。

ここ最近の厄介事全てを片付けて、向こうしばらくは平穏に暮らせるようにするためにカリスは公国へと向かうのだった。


予定通り公王から宣戦布告を受けて、きちんと正当防衛を主張して城を出てからしばらく。

軍の司令本部へと戻ると、今回の軍のまとめ役達や上役、俺の派閥の者の他に、旗頭となるセリュー様、箔をつける意味で同行してるマクベス、騎士団長の息子であり、補佐を任されてるレベン、そして俺の補佐として連れてきたミゲルが揃《そろ》っていた。

その他にも大義名分と事後処理のために公国の第五王子のライオネルも参戦している。

「フォール公爵、どうでしたか？」

「予定通りです。やはり宣戦布告をしてきました」

「フォール公爵の読み通りということですね」

セリュー様は今回の軍の総指揮も任されている。

とはいえ、実質的には俺がその権限を持っているのであくまでお飾りという立場だが、セリュー様本人もそれを分かった上でその立場を全《まっと》うしようとしている。

　本当に強くなったものだ。

「……で？　これから予定通り攻めるわけ？」

　面倒そうに尋ねてくるマクベス。

　セレナ様としてはあまり危険な場所に連れていきたくはないだろうけど、今後を考えるとこの戦いに参加したという実績は作っておくべきということなのだろう。

　だからこそ、役割分担は最初から決めてある。

「こちらの指揮は騎士団長であるグリーズ子爵と私の部下に任せることになる。マクベス、レベンはそちらに付くように」

「了解です」

　父の補佐ということでやる気満々な様子のレベン。

　対して、名前を呼ばれたもう片方はちらりと視線を俺の左右に向けてから聞いてくる。

「王子様とそっちの執事見習いは？」

「二人は俺の後に続く先行部隊とライオネル殿下の部隊に同行することになる」

「……大丈夫なのか？」

「大丈夫だからこそこの二人なんだよ」

　最終的には公王を討ち取った功績はセリュー様とライオネルに渡す予定だ。

この国を治めることになるライオネルは必要なので問題ないとして。

セリュー様はあまり良い気分はしないだろうけど、必要なことであると分かっているので飲み込んでくれている。

それに、現状俺と一緒についてくるのなら、個々の実力を考えてもセリュー様とミゲルが断トツで相応《ふさわ》しい。

「まあ、悔しいが王子様は強いしな。そっちの執事見習いもあんたが言うんだから強いんだろうけど」

「いえいえ。僕なんてまだまだです」

「ま、こっちの方が楽だからどうでもいいがな」

そう言いつつも、ちょっと拗《す》ねてそうなマクベス。

力が足りないのは分かってるし、危ない場所に行くのも面倒くさいけど選ばれないのもそれはそれで悔しいというところか。

「セレナ様も期待してる。頑張ったらご褒美《ほうび》があるかもね」

その言葉に無いはずの尻尾がちょっと振られる様子を幻視する。

すっかり調教済みのようで。

「レベン、騎士団長とこちらを頼んだよ」

「お任せを」

憧れの父と同じ舞台に立てることが嬉しくて仕方ないという様子のレベン。

親子仲良しで微笑ましいものだ。

その後、部下達にも指示を出してこちらのことは任せて、俺はセリュー様とレベンと先行部隊、そしてライオネルの部隊を連れて公国へと向かう。


「フォール公爵。少しだけいいでしょうか？」

途中の地点で休憩をとると、セリュー様がそう話しかけてくる。

「なんなりと」

「……お恥ずかしながら、フォール公爵にしか言えませんが、少し手が震えています」

だろうな。

戦いを恐れない戦士なんて存在しない。

まだまだ子供で実戦経験のないセリュー様だ。

怖くて当たり前だ。

「僕は今回お飾りで何もしません。でもこの震えくらいは止めておきたいんです」

真面目なセリュー様らしい言葉だ。

そんなセリュー様の頭を優しく撫《な》でて俺は言った。

「怖がることは恥じることではありません。戦いを恐れない人間なんていないのですから」

「……フォール公爵もですか？」

「ええ。怖い気持ちはあります。でもそれ以上に怖いものがあるんです」

「それは？」

「この戦いに負けることです。いえ、違いますね。その結末で家族を失うことです」

サーシャやローリエ、ミントにバジル、オニオンと家族を失うことに比べればこの恐怖は微々たるもの。

「セリュー様にとって守りたいものを考えてください。きっと貴方《あなた》はそれに勇気を貰えますから」

「……僕の守りたいもの」

そっと呟《つぶや》いてから目をつぶってしばし考えるセリュー様。

やがてそれらを見つけたように目を開けるとセリュー様の顔つきは変わっていた。

守るものがある男の目に。

「良い顔です。貴方は強い。慢心はいけませんが自信を持ってついてきてください」

「――はい。分かりました」

これでセリュー様は大丈夫だろう。

「カリス様。やはり向こうは軍の編成が間に合ってない様子です。その代わり各所に帝器《ていき》と思われる物を持った者達を配置してます」

ミゲルからの報告は想定通り。

それにしても肝が据わってる。

このメンタルの強さはあの鬼執事の元で培《つちか》ったもの……だけじゃないな。

ミゲル本人の資質も大きいだろう。

「予定通り私が先行する。ミゲルはセリュー様のサポートに専念するように。必要ならライオネル殿下の方もだが、そちらはあまり心配ないだろうからセリュー様を優先するように」

「承知しました」

「ヤバくなったら即撤退すること。だが、今のセリュー様とミゲルなら恐らく普通の相手なら問題はないでしょう」

俺が鍛えてる二人だし、ミゲルは鬼執事ジークの指導も受けてる。

実力だけなら油断さえしなければ大丈夫だろう。

「では、行くとしますか」

「来たな。我こそは十二兵団が一人、雷神の――ぐはっ！」

名乗りの途中だろうと、隙だらけならやるだけ。

無粋と言ってくれるなよ。

そう思いながらまずは一人。

持っていたのは斧のような帝器。

恐らく叩きつけると爆発が起こるやつだろう。

「よくも隊長を！」

「おのれ、卑怯者！」

向かってくる十人程度の取り巻きを体術のみで相手する。

蹴り、殴り、首とん、急所潰し。

手早く片付けないと時間が惜しい。


次のエリアに着くと、早々に鎖鎌《くさりがま》が飛んでくる。

手足を縛り付けて身動きを封じる気だろう。

巻きついてきたそれらを無造作にぶっ壊して、手近に落ちてる石を投げつけて一人ずつ落としていく。

最後の一人を仕留めた瞬間だった。

チリッと首筋に走る何かを感じて咄嗟《とっさ》に一歩後ろに下がる。
すると、先程まで俺の頭のあった場所を通って雷を帯びた矢が突き刺さる。
狙撃手は……あそこか。
味方を駒に上手いこと狙ったな。
タイミングも完璧だった。
だが、無駄だ。
「なっ——今どうやって——がっ！」
「遅すぎる」
一足で狙撃手の後ろをとると、派手に蹴りをかます。
それだけで相手は壁を突き破っていき、ぐったりと倒れる。
死んではないはず。
さて、次だ。

スラム街らしき場所。
一見何もないように見えるが、そこかしこから遠巻きに侵略者を見てる住人達がいる。
スルーしてしまいそうだが、紛れる兵士を見落とすヘマはしない。
機を窺《うかが》ってる奴らに近づくと、デコピンで吹っ飛ばして気絶させる。

凄いな、三十人近くは紛れてるようだ。

そんな風に片付けている最中だった。

小石が一つ飛んでくる。

パシリと受け止めるとそこには涙目の少年が立っていた。

「消えろよ侵略者！　俺達の平和を壊すな！」

耳が痛いね。

でも、分かってるつもりだよ。

「なにを――えっ？」

俺が子供を抱えて横に跳ぶと、さっきまで子供がいた場所にハンマーが叩きつけられる。

その瞬間に地面にヒビが入る。

「ちっ。しくじったか」

「お、おじさんなんで……」

有無を言わせず男はハンマーを叩きつけてくる。

子供諸共《もろとも》やるつもりだろう。

子供を抱えたハンデを背負わせる手は悪くはない。

しかも何も知らない子なら策としては上々だ。

まあ、俺個人としては最低の気分にさせられて最悪だけどね。

「うざい」

パシリとハンマーを片手で受け止める。

ちょっと手が痺《しび》れるけど、うっとうしいのは終わりだ。

「——ぐっへん！」

顎下《あごした》を砕くようなアッパーカット。

これで一気に意識を持っていく。

「お、おじさん……？」

「死んではないよ。心配ならこの後にくる兵に助けてもらいなさい」

そう言って子供を置いて次のエリアへ。

「……助けてくれたの？」

ポツリと聞こえてきた問いには答えない。

あの子にとっての俺はただの侵略者なのだから。


商店通りだろうか。

民兵の姿はない。

一般人の姿もないが、避難してもないのかそこかしこから気配はする。

「帝器使い六人とは大盤振舞いだな」

目の前に二人。

火が迸《ほとばし》る剣を持ってる男と、風が逆巻く槍を持ってる男が一人。

左右の屋根伝いに鉄弓を構えてる男と超強力な毒付きと思われるボウガンを構えてる女が一人。

そして後ろに回り込んで大砲を構える男と——今俺の足元から地面に引きずり込もうと伸びてくる手が一つか。

「悪いがこの程度じゃ足りないな」

地面から伸びてくる手は踏みつけて地面に埋める。

手がボキボキと嫌な音を出してるようだけど死んでないはず。

それを見て鉄弓とボウガンが同時に放たれたので、大砲の後ろに跳ぶと構えてる男を後ろから蹴りあげて、ついでに大砲をぶっぱなす
「なん——」

大砲はまるで極太のビームのように一直線に放たれる。

その先には火の剣と風の槍使いもおり、慌てて回避しようとするが、ギリギリ間に合わずそれぞれ片足と片腕がもっていかれて苦悶《くもん》の声をあげていた。

大砲男がその身に纏《まと》ってる鎧も帝器なのは分かってるので死にはしない。

だが、大砲の直撃に加えて、俺の蹴りで鎧が鈍い音を奏でており、生きてはいてもかな

りお辛《つら》い状態だろう。南無。

「くそっ。なんだありゃ」

「人間さ」

「ぐへっ！」

さて、隙だらけな鉄弓使いは頑丈そうなので、とりあえず腰をへし折ってから、ボウガンでこちらを狙ってる女目掛けてぶん投げる。

かなりの速度なので避ける暇はなかったが、まだ意識があるのかボウガンを構える女。

一瞬で近づくと、女は深く被ってたフードを脱いでみせた。

「私に見惚《みと》れな！」

そう言ってボウガンを放ってくる女。

その顔面で隙を作ろうということか。

一般的に見れば傾国レベルと言えそうな美人さんではあったが、生憎《あいにく》と俺はサーシャ以外を綺麗と思うことも見惚れることもない。

「生まれ変わって出直しな」

容赦なく意識を刈り取る。

これでここも終わり。

森林区画だろうか。

そこには巨人がいた。

全身タイツのヒーローみたいな様相だが、あれも帝器だとしたら大したものだ。

『くらえ悪党よ！』

そう言って大きな足が降ってくる。

森林破壊は良くないと思い、仕方ないので足を受け止める。

重いなぁ、でもいけるか。

「それ、よっと」

『ぬぉおおお！！！！』

超上空へと吹っ飛ばしてから、俺も空へと上がると四方から打撃を与える。

約二十発。

すると、ダメージ量に呼応するように巨人が小さくなっていき、残ったのは全身タイツの変態だけだった。

全身を骨折してそうだけど息はあるし放置でいいか。

帝器は脱がせて……下真っ裸か。

流石《さすが》に可哀想《かわいそう》なので適当に拾ってきた布を被せておく。

スーツの帝器は後続に任せるとしよう。

最後の難所。

城を守るように数万の騎士達が展開されている。

その門の中心には先程までの帝器使いとは比べ物にならなそうな使い手が二人陣取っている。

「さて、物量に勝てたのなら我々が相手をしよう」

余裕綽々《よゆうしゃくしゃく》だが、確かに数とは力だ。

一騎当千でもなければ厳しい戦力差だ。

普通ならね。

練度も高く、指揮官も有能。

こちらに一切の油断を持たず、驕《おご》らず確実に俺を殺す気で来ている。

大したものだ。

公王への忠誠心も高いようだし、このまま育った後に戦ったらヤバかったな。

そう思いながら一掃する。

誰一人、殺しはしない。

厄介な指揮官を潰してから、エースをタイマンで破って瓦解《がかい》した騎士達を一気に叩く。

数万の物量は質の方もかなりのものだったが、生憎と相手が悪い。

一気に意識を刈り取って、必要なら負傷させて戦闘不能にしていく。

「な、なんだよこいつ……化け物じゃねぇか！」

「君達の主《あるじ》の方が化け物だよ」

そんな突っ込みを終える頃には数万の騎士達は全員が地に伏せていた。

誰一人意識がなく、意識が戻ってもまともに動けないだろう。

それ以上に恐怖心も植え付けたし、後詰《ごづめ》の部隊に任せて、こちらはこちらで残りの二人を片付けるとしよう。

「いやぁ。お見事お見事」

俺と同じくらいの歳の男だろうか？

そこまで老けてない気もするけど、中々に男前な面構えだ。

「まさか数万の騎士達が一瞬で消し飛ぶとはね。陛下が気に入る訳だ」

「……ザイン。お前は下がってろ」

もう一人の年若い男が前に立つ。

レイピアの帝器か。

「――――殺す」

その一言で一瞬で距離を縮めて一突き。

心臓を狙ったそれを紙一重で避けるとそれを読んでたように連撃がくる。

とにかく速い。

追えるし避けられるけど速さだけならこれまで見た中で最速かもしれない。

「あの方の寵愛《ちょうあい》をお前なんかに渡さない」

……あの、ラブコメ始めないで貰えます？

しかも男同士のやつだし。

「あの方の寵愛を受けていいのは私だけだ。お前とピンク髪は消えろ」

病んでるなぁ。

だが、俺はともかくアカリの名を出したのは間違いかな。

「私もアカリもあんなのに好かれたくないから」

「貴様――あの方を侮辱《ぶじょく》するな。この無礼者！」

若いな。

その激情は命取りになるぞ。

一瞬の小さな隙。

それを逃す俺ではない。

ピタリとレイピアの切っ先を摑《つか》むとそのまま頭を摑んで門に叩きつける。

「喜べ、壁ドンだ」

「これの……どこが……がはっ！」

手足の骨を砕き、身動きを取れなくすると顎の骨を砕くようにアッパーカットを決める。殺さないようにしつつも、この手の輩《やから》は動ける部位があると何がなんでも一矢報いてくるので全て可動部を動かなくしてから、口に手を突っ込んで仕込みの毒針と、自害用の毒を取り除く。

これで一人。


「さて、貴殿が最後か」

この場に残っている帝器使いは目の前の男のみ。

「いやぁ。大したもんだ。若いとはいえうちの狂犬がこうも一方的にやられるなんて。しかもここまで来たってことは残りは僕と陛下だけってことか。全く大したものだ」

緊張感の欠片《かけら》も無い余裕綽々な態度の男だが、俺には分かる。

あの化け物公王を除けばこいつがこれまで出会ってきた中で最強の相手であろうということが。

（情報にはなかったが、こんな手札まで持ってるとはな）

全く、面倒なのが残ってるものだ。

「さて、どうする？　立ちはだかるならやるだけだが」

「さて、どうしようかねぇ。このままやり合うのも楽しそうだが、その場合ここいら一帯が更地になりかねない。まあ、陛下が戦ったら城が吹き飛ぶだろうから一緒だけどね」

　そう言ってから、男は瓢箪《ひょうたん》を取り出すとごくごくとそれを飲む。

「酒か？」

「ああ。お得意のお店のケンさんのところの酒さ。一杯どうだい？」

「この後も控えてるからな。また今度にしよう」

「そうかい。なら、勝負はやめにしておこう」

　そう言うと男は「よっこらっしょ」と立ち上がって門を開いた。

「さぁ、行くなら行きんさい」

「ざいん……きさまぁ……」

「僕は元々、この国が好きなだけの守護神さ。だからこそ、あの陛下よりもこっちの御仁の方が話が分かりそうだからね」

　ザインという名のその男は「この国を滅ぼす気はないんだろ？　騎士達だけでなく、帝器使いも誰一人として殺してないんだし」と見抜いてるように言った。

（敵意はない。そういう作戦にしてもあまりにも本心すぎる）

　こうして騙《だま》し討《う》ちするパターンなら飽きるくらい経験があるが、長年の勘がその可能性はないと断言している。

「ああ。次の公王にはライオネル殿下がなる予定だ」

「坊ちゃんか。だったら公国も安泰だ」

どっこいしょと門の端に座り直したザインはひと仕事終えたと言わんばかりに脱力する。

「僕は寝るよ。最近寝不足でね。さっさとあの化け物陛下倒してきなよ」

「……分かった。酒は今度時間を作るとしよう」

「うん、約束だよ」

そう言って本当にスヤスヤと寝始めてしまうザイン。

面白い男だ。

何にしても戦わずに激強な男を素通りできるのは大きい。

セリュー様達に何かする可能性もなくはないが、今のセリュー様なら実力差を見極められるし、ザインのこの性格なら今の状況を分かってるので好きにさせるだろう。

「さて、じゃあ行くとしますか」

思ったよりも余力を残して公王……いや、皇帝と戦える。

出し惜しみはなしにしようと。残りの騎士を適当に片付けてから玉座の間に向かうのだった。

「来たか。待ちわびたぞ」

玉座の間には皇帝が一人、玉座で待っていた。

「余を待たせるとは罪なヤツだ」

「道に迷いましてね」

伏兵もなし。

城には倒した騎士以外は俺と皇帝しかいないらしい。

「ザインめはやはり素通りさせたか。あやつは余ではなくこの国を好いてるからな。当然の結果というやつだ」

「その割には楽しそうですが」

「それはそうであろう。ザインと戦って消耗したそなたよりもザインを素通りして温存してきたそなたを相手にした方が楽しかろう」

本心からそう思ってそうな態度だ。

「腹心の方が見えませんね。それに側室も多いと聞きましたが」

「あやつはこの状況に浮かれすぎてな。発狂死した。妻達は余の子供を残す義務があるから既に外に出してる」

……発狂死？

変人ばかり集ってるなぁ。

それにしても、勝つと言いつつも妻達は避難させたか。

まあ、どんな考え方でそうなったかは分からないけど、賢明な判断だ。

「さて、その腰の剣。前回とは違うな。そなたの相棒か」

「そうなる予定です」

「ここまでそれを抜いてはいなかったようだが」

「必要があれば使いますよ」

「なるほど。つまり余には使ってくれるということか」

くつくつと笑ってから皇帝は深く玉座に座り直す。

「では、始めるとしようか。いつでもかかってくるといい」

ちょいちょいと指で手招きする皇帝。

舐《な》めプというよりは、避ける自信があるのだろう。

「それではお言葉に甘えて」

過去最速の一歩にて、俺は皇帝の首を刎《は》ねるように一閃。

「ふむ、やはり速いな」

その一撃を皇帝は見てから回避した。

玉座が綺麗に一閃されて、背もたれが倒れる中、俺の後ろに回った皇帝は剣を抜くとそのまま斬りかかってきた。

速いし強そうだけどいなせなくはない。

だが、嫌な予感が脳をチリつかせる。

回避を選択すると、切っ先が床に触れた瞬間に床が抉《えぐ》れて最下層を貫いて穴をつくる。

「よくかわした。だが、まだ甘い」

皇帝の剣技は古流の帝国式剣術を元にしたオリジナルのようで、初見だと見抜くのが凄く大変だった。

それに加えて、触れるだけで破壊の力を叩きつける剣の帝器も厄介極まりない。

首を刎ねて終わらせるかと思い首を狙うが、ガイン！　と硬質な音がするだけだった。

「……なるほど、自身を硬質化する帝器ですか」

「この肉体は脆弱《ぜいじゃく》でな。ハンデというやつだ」

「それはこちらが貰うべきものなんですがね」

とはいえ、斬れない硬度ではない。

皇帝もそれを分かってるようで、スチャッと新しい帝器を懐から出すと手首に嵌《は》めた。

今度は何の帝器なんだか。

そう思いながら皇帝の攻撃の隙をついて手首を斬る。

硬質化を貫いて手と手首が離れていくが、数秒もするとまるで時間が戻るように元に戻った。

「再生能力――いや、時を戻した？」

「再生能力という見解が近いであろう」

厄介な。

だが、帝器は使用者へのリスクも大きい。

これだけ力のある帝器を複数使って無事でいられるのか。

「そなたも知ってるだろうが、この帝器は完璧ではない。使用者への負担も相当なものだ」

繋《つな》がった手首を確認してそんなことを言う皇帝。

「今世の余の肉体は脆弱でな。器のスペックが中身にまるで届いてない」

それでもこれだけ動けるのだからおかしな話だ。

「実に残念だ。このような玩具《おもちゃ》に頼らないとそなたと楽しめないのが。だが、命を燃やした戦いはあまりないので楽しくもある」

……なるほど、リクスなんて承知の上で全てを分かって全力で潰しに来ると、そういうことか。

たとえ戦いに勝って己の命が尽きようとこの一戦に文字通り命をかけて挑んできてい

る——ってことか。

「キャラじゃないんじゃないですか？」

「かもしれぬ。だがそれ以上にそなたを全力で欲しくなった。この身が尽きようともな」

「……厄介極まりないですね。お断りです」

「拒否権はない。余に勝つ以外はな」

「では、僭越《せんえつ》ながら勝たせて貰います」

元よりそれ以外の選択肢はない。

「さて、気分も乗ってきたところで名乗りといこう」

すぅっと、その身に覇気を纏って皇帝は名乗った。


「大帝国皇帝、アストロゼウス・アングリア・エペングリス」


今世の名ではなく、本当の自分の名を名乗る皇帝。

それこそが自分だと言いたいのだろう。

「そなたの名を改めて聞こう」

名乗る必要はないのかもしれない。

それでも、敢《あ》えて名乗るとすれば……そうだな、これしかない。

「悪役令嬢の父親、カリス・フォールだ。妻と娘と子供達を愛してる普通の父親さ」

まあ、頭に元がつく悪役令嬢の父親だけどね。

俺の名乗りに皇帝は満足そうに笑みを浮かべる。

「カリスか。《剣鬼《けんき》》よりはマシな名だ。悪役令嬢とやらは分からぬがそなたが良い父親ということも分かる」

「お褒めに与《あずか》り恐縮です」

「さて、カリスよ。話はここまで。これより先は武でのみ語りあえる場となる。互いに命を燃やし尽くそうぞ！」

冗談ではないと普段なら言ったかもしれない。

でも、負ける気もないので俺はただ告げた。

「いざ、参る！」

これより先は目の前の相手を狩るのみ。

一切の容赦なく俺は——この男を倒す。

カリスの進撃から少し遅れて、セリューとライオネルの部隊がカリスの通った道を進んでいく。

道中では帝器使いと思われる実力者や兵士や騎士達が動けなくされて転がっていたが、息はあった。

「いやいや。どんな状況だよこれ……」

その様子に思わず呆《あき》れ返《かえ》るライオネル。

噂《うわさ》には聞いてたが王国の誇る《剣鬼》の実力を目《ま》の当《あ》たりにしてその現実離れした所業に呆れてしまう。

そんなライオネルとは対照的に、セリューは実力者をこうも上手く容易《たやす》く鎮圧しておきながら、誰一人殺してないカリスの強さに再び憧れを膨らませる。

(やっぱり、フォール公爵は凄い人だ)

道に転がされているのは、今のセリューが一人で挑んでも勝てるかどうか分からない強者ばかり。

しかも帝器という現実離れした兵器まで使ってる相手をこうも一方的に鎮圧してみせる

カリスの実力は凄いとしか表現の仕様がないものだった。

「セリュー様、ご指示を」

そんなセリューのフォローをするミゲルもまた、主の強さに心底驚嘆していたのだが、あのカリスならこうなるのも必然かと納得もしていた。

「帝器の回収を最優先に。非戦闘員への暴力は絶対にしないように」

「助かる、セリュー殿下」

「いえ。それよりも先を急ぎましょう」

帝器の回収と、戦闘員の無力化などを図りつつ、カリスの道筋を辿《たど》っていく。

強力な帝器使い達が為《な》す術《すべ》なくやられたようで、辺りは静かなのだが遠くからは戦闘の音が響いてきている。

「わぁ……これはまた……」

ようやく城の近くに来ると、そこには数万の騎士達が全員無力化されて地に伏せていた。

これもカリス一人でやったと考えるとライオネルは背筋がぞくりとする。

(絶対、あれは敵に回しちゃダメだな)

手を出すと、国が滅ぶとよく分かる。

「おっ。坊ちゃーん」

「む？　ザインか？」

聞き覚えのあるその声はライオネルが昔から知っているザインという強者だった。

「無事ということは、戦わなかったのか？」

「勝ったって発想はないんですか？」

「だとしたらもっとボロボロだろうし、それにお前が戦うとも思えない」

「流石、坊ちゃん。僕のことをよく分かってるなぁ」

マイペースなザインという男は強者ではあるが、変わり者で扱いが難しい。

そんな男が敵対してないならひとまずは安心だとライオネルは一息つくが、次の瞬間に顔を引《ひ》き攣《つ》らせることになる。

ドカン！　とまるで爆発でも起きたように城が吹っ飛んだのだ。

「あちゃー。やっぱり持たなかったか」

「呑気《のんき》な奴だな……」

「他に感想あります？」

「……いや、ないな」

どんな派手な戦いをしたらこうなるのやら。

そう思っているライオネルとは別に、セリューは爆風が収まってから崩れた城の中で未《いま》だに戦い続けている影を二つ捉《とら》えた。

「ミゲル、見える？」

「はい。セリュー様。カリス様と……恐らく今の公王ですね」

速すぎて捉えきれないが、間違いなく片方はセリューの憧れであるカリスだ。

もう片方は顔を知らないが、状況からして今の公王だろうと考える。

「……なんだか公王の方、速度落ちてきてるよね？」

「心做《こころな》しかそう見えますね」

カリスの動きとタメを張っていたはずのそれは、時間とともにセリューにも確実に捉えられるようになってきていた。

（弱ってる……いや、もしかして命を削ってるのかな……？）

見たところ、剣以外にもカリスの一撃を防いでる帝器も見える。

カリスの話だと帝器は使用者にリスクがあるらしい。

捨て身の戦いに見えるそれは、徐々にカリスが優勢になっていくが、皇帝はどれだけ不利でも楽しげな顔から変わらなかった。

「フォール公爵、これまでになく消耗してるよね」

「いくらカリス様でも、これだけの数の帝器使いと騎士達を数万相手にしてからの公王はキツイでしょうから」

顔には出てないが、カリスも消耗してるのが見てて分かる。

ふらりと、カリスの足が僅《わず》かにぶれた。

「危ない！」

思わず叫んでしまうセリューだったが、その隙をついて最後の力を振り絞ったように皇帝は一撃を浴びせる。

激しい爆発音が辺りに響き、やがて収まるとそこには片手で剣を受け止めたカリスの姿が。

帝器の威力は変わってない。

なのでかなり左手や袖口はボロボロな様子だが、それでもカリスは余裕で耐えきった。

「……ふっ、楽しかったぞ。カリス」

口元から吐血しながら、そう笑みを浮かべる皇帝。

「安らかに眠ってください」

それを見て、カリスは最後の一撃にて皇帝を眠らせる。

固唾《かたず》を呑《の》んで見守っていたセリュー達はその二人の姿に熱いものを感じた。

カリスはやがて剣を持った手を真っ直ぐに上げた。

その瞬間――その場に歓声が響き渡る。

此《こ》度《たび》の件、王国の勝利。

いや――カリスvs皇帝の勝負。

――カリスの勝利ということだ。

「やっぱり……カッコイイなぁ」

そのカリスの不動の姿にセリューの想いは強くなる。

セリューは知っている。

カリスがこうして公国に来たのが家族のためであると。

セリューは知っている。

その手の剣が愛する妻と娘からの贈り物であるということを。

そして、セリューは知っていた。

カリスが凄く優しいということを。


「僕も――必ず追いついてみせます」

少年は憧憬《しょうけい》を燃やす。

その背に必ず追いつくと誓う。

その背のように――大切な人を守りきるとそう誓うのであった。

かくして、公国との戦いは王国の勝利で終わったのであった。

第九章　新しい未来

公国——否《いな》、転生者の皇帝との決着はついた。

人外カリスをもってしても、ギリギリと言わざるを得ない戦いだったと言えばその壮絶さは伝わるだろうか？

「結局、皇帝は好き勝手して自分勝手に死んだってことね」

セレナ様の端的な結論だが、間違ってはない。

「付き合う方もどうかしてるけど」

「必要でなければやりませんよ」

男同士の熱い戦いなど俺の性分には合わない。

バトルマニアでも、熱血系でもないからだ。

「また《剣鬼《けんき》》の名前が世界に轟《とどろ》いたようね。英雄さん」

「悪いことばかりでもないですよ。これでサーシャやローリエ達へのちょっかいも更に出しにくいでしょうから」

あまり目立つような真似をしたくはないが、家族を守る意味でも力を見せつけておくのは悪くはないと思う。

不本意ではあるが。

「それで？　その英雄様でも手こずった皇帝のことは何か分かったの？」

「剣を交えて見えはしましたが、理解の外にある存在としか言えませんね」

全てにおいて人という枠組みを超えてる正真正銘の人外。

本当に寿命で死んだのか疑問さえ浮かんでくる。

「相手をしたのが今で助かりました。転生直後ならもっと手がつけられなかったでしょうから」

「貴方《あなた》でそれなら確かにヤバいわね。でもその場合も負けないでしょ？」

「無論、何がなんでも勝ちますよ」

家族を守るためならどんな手を使っても勝つつもりだ。

「私としてはマクベスくんを危ない場所に行かせたことは許せないけど、マクベスくんの将来のための功績が転がってきたから及第点というところね」

相変わらずマクベスを中心に世界が回ってるご様子。

「すっかり手懐けてるようで」

「ラブラブと言いなさい」

まあ、愛のカタチは人それぞれとしておこう。

「セリューも更に貴方に憧れを募《つの》らせてるようだけど、あんまり変な道に引き込まないようにね」

そう言ってセレナ様は去っていく。

失敬な。いつ俺がセリュー様を変な道に誘《いざな》ったというのか。

確かに前以上に憧れの視線を感じなくはないけど、それは俺のせいではないはず。

うん、そういうことにしておこう。


戦争は勝てば全てが終わるという訳ではないから面倒だ。

まあ、今回のは戦争というよりは俺と皇帝の一騎打ちだったけど、帝器《ていき》のせいで予想よりも物的被害は出てしまった。

城が壊れたのも皇帝の帝器が主因だと思う。

確かに俺もサーシャとローリエからの贈り物で盛大にやらかしたけど、死人に口なしってね。

新しい公王になった第五王子のライオネルは早々に王国と和平を結び、公国は復興に向かっているという。

夢から覚めたように皇帝の信派も元に戻っているようだが、存在だけで人々を誑《たぶら》かすって悪魔か何かかな？

公国との和平やら何やらは国王ではなくセリュー様が主体となってやることになった。

国王陛下もセリュー様の成長と今後を考えてそうしたのだろうが、必然的に補佐に俺がつくことになる流れはどうにかできなかったのだろうかと思わなくもない。

そんな些《さ》細《さい》なことはあれど比較的予定通りに戦後処理は進む。

俺も色々とやることはあるが、家族との時間を削る気は無かったので信頼できる人員を使って手早く済ませた。

ただ、公国での約束が一つだけ残っている。

「お、来たね」

約束の時間に待ち合わせ場所に着くと、そこには今回の戦いで唯一戦わなかった男——ザインの姿が。

「バックレられないかとヒヤヒヤしたよ」

「そうしても良かったが、時間が空いたからな」

「それは良かった。じゃあ、行くとしようか」

ザインとは飲む約束をしていたので、こうして足を運んだのだが、この男は相変わらず飄々《ひょうひょう》としている。

自然体だからこそその実力の程もよく分かる。

敵に回すと厄介すぎると。

ザインが案内した店は下町の酒場というような場所だった。

裏通りにあり、今回の騒動でもほとんど壊れてない上に通常通り営業しているようだ。

「そんじゃ、乾杯」

ザインの言葉で最初の一杯を一口。

かなり度数が高めだが中々美味《おい》しい。

「どうだい？　ケンさんの酒は美味《うま》いだろ？」

「ああ。かなり美味いな」

「だろ？　僕はね、この酒のためにここで守護神やってると言ってもいいくらいには気に入ってるんだ」

セリフだけ聞くとただの飲兵衛《のんべえ》だな。

「ケンさんの酒は美味いんだが度数が高くてね。僕は気にならないが癖もあるのか好き嫌いがハッキリ分かれる」

まあ、確かに少し癖はあるかも。

「カリスが気に入ってくれて良かったよ。僕の見立ては間違ってないってね」

「見立て？」

「ああ。僕らは良く似てるってことだ」

グイッと飲んでから、ザインは次の瓶に手を出しつつ自分語りを始める。

「僕は身寄りがなくてね。家族って存在に昔から憧れてたんだ。縁あって妻と出会って子供にも恵まれた。だが、流行病《はやりやまい》で妻と子を亡くしてね」

過去を懐かしむように遠い目をするザイン。

「あの時は参ったよ。世界全てが憎くて仕方なくなったものさ。愛情が深かったからこそ憎しみも深くなった」

「闇に堕《お》ちたってことか」

「そうなるね」

「どうやって這《は》い出《で》た？」

「勿論《もちろん》、妻と子供が救いあげてくれたんだよ」

そうなる可能性も考えていたのか、奥さんと子供は親族に手紙を託《たく》していたらしい。

「自暴自棄になってこの店に来た時さ。酒を味わうことも無くガブ飲みする僕にケンさんが妻と子供の手紙を渡してくれてね」

どうやら、ここの店主のケンさんとやらはザインの妻の親父さんのようだ。

なるほど、確かに言われてみればそれくらいには分かりあってる様子だ。

店主の方は無口で無愛想だから表情が読みにくいけど。

「ケンさんはこの通りだから、いきなり出されてかなりびっくりしたけどね。それでも僕はそれに救われた」

「中身はなんて？」

「感謝の言葉と愛してるって言葉さ」

　確かにそれだけで闇から這い出るには十分か。

「それと頼まれもしたよ。ここを守ってくれって」

「だからここを守ってるってことか」

「正直ね。公国を守るのはついでなんだ。坊ちゃんや前の前の公王は僕の力を買って重宝してくれてたけど、僕が望むのは妻が守ってくれと頼んだ公国のこの店を守ること。だから守護神って訳さ」

　なるほど、それであんな感じだったのか。

「カリスは家族のこと大切に想ってるよね？　それも自分の全てを捧げても足りないくらいに」

「ああ」

「先輩としてもしもの時の忠告も兼ねて、この飲みに誘ったんだけど……その必要はなかったか」

「気持ちだけ受け取っておく」

「そうかい。何にしても時間ある時は来なよ。こうして飲み仲間ができるのは僕にしては珍しいからね」

「時間があったらな」

ザインの話はどこか他人事《ひとごと》には思えなかった。

考えたくはないがザインと同じ状況になったら俺はきっと己を御することはできないだろう。

とはいえ、それはそうなったらという仮定の話。

サーシャやローリエを守ることには変わらないし、心変わりが起こることもない。

ただ、それ以上にもっと家族との時間は作ろうと決意したくらいかな。

しかし、見た目に反して案外お人好しというかなんというか。

何にしてもだ。

「ザイン」

「なんだい？」

「俺はお前を尊敬するよ」

妻と子との約束を守ってここを守るその姿を素直にそう感じると言うと、ザインは照れくさそうに笑ってから誤魔化すように酒に戻る。

俺もそれ以上は特に言及せずにのんびりと酒を楽しむ。

お土産に少し買っていくとするか。


公国との戦いから半年もすれば、普通の生活に戻れるようにはなっていた。

使えるものをフル活用した結果だ。

一方、隣国である小王国の方はまだまだ終戦は遠いようだ。

「セリュー！　今日こそ勝つぞ！」

よって、小王国から預かってる第一王子のルグランもまだおり、俺が面倒を見ている。

今日も今日とて懲《こ》りずにセリュー様に挑んでコテンパンにされているのだが、それも慣れてきた。

「ちっくしょう！　全然追いつけねー！」

「当たり前だよー。ルグくんだけじゃなくて、セリュー様も努力してるもん」

「ミント！　お前どっちの味方だよ！」

「両方だよー。でも、ルグくんの方が好きかな」

「そ、そうか？　ならいいんだ！　俺もお前のこと好きだぞ」

「うん、ありがとう」

……父親としてどうしたら良いか迷ってます。

やり取りだけだとラブラブな様子だけど、ミントとルグランの温度差がね。

ニコニコと天真爛漫《てんしんらんまん》なミントはルグランの扱いが上手い。

だからこそ、最近は一緒に行動することも増えてるのだが、ミントからルグランへの気持ちは面白い生き物を観察するようなそれに近い。

対して、ルグランの方はミントの可愛《かわい》さとその言葉にときめいてることが多くて、割と本気で惚《ほ》れつつある様子。

その様子だけ知ればうちの娘が悪女のようだが、まあ、ミントは可愛いから仕方ない。

「おい、先生！　もっと稽古《けいこ》つけてくれよ！」

「これ以上はオーバーワークになるからダメ」

「ちぇっ」

ちなみに、ルグランは俺のことを先生と呼ぶようになった。

素直なようで言葉遣いはあまり変わらないけど、教わる姿勢もきちんとあるので不思議なものだ。

まあ、セリュー様が素直すぎるからこれくらい生意気で向上心のある子も悪くはない。

マクベスも以前はそこそこ頑張ってたけど、最近は加減を覚えたのか、はたまたセレナ様にクールに見られたいのかそういう態度を取ろうと頑張ってる。

お年頃というやつだろう。

まあ、どうあがいてもあの王女様の前では従順な下僕にしかならないのだが、言わないだけの優しさも俺には残っているらしい。

ある日、侍女《じじょ》のユリーが執事見習いのミゲルと話している現場を発見する。

バジルから離れてるユリーというのも珍しいが……恐らく、ミゲルがレイナ関係で相談でもしてるのだろう。

面倒見がいいからなぁ、ユリーは。

しかもレイナは双子の姉のミントの世話を担当してるし、何かと話すことが多く、仲も良い。

相談相手にはうってつけというやつだ。

だが、その様子を見てしまってご機嫌を損ねてしまう者もいた。

ユリーがいなくてあっちこっち探していたバジルと、お転婆《てんば》で少し目を離すとすぐにどこかに行ってしまうミントを探してるレイナだ。

バジルの反応は早かった。

「ユリー。こっち」

とてとてと走っていくと、ユリーの手を摑《つか》んで連れていく。

息子の可愛い姿を見てしまった。

その様を見て驚いていたミゲルだったが、近くにレイナがいたので更に驚く。

「れ、レイナ。ミント様を探してたの？」

「……うん。ミゲルはユリーに何か相談事？」

「少しね」

ミゲルよ、その答え方は悪手だぞ。

仕方ないのでミゲルの視界に入ってアイコンタクトで伝える。

流石《さすが》は未来の執事長。

俺のアイコンタクトの意味に気がついて訂正した。

「実はさ。レイナとの記念日に何を贈ろうかユリーに相談してたんだ」

「記念日って……もしかして」

「うん……告白記念日」

照れ照れな雰囲気に突入する二人。

あの二人なら仕事を投げ出すことはないし問題ないか。

そう思って、息子の方を追うことにする。

バジルはユリーを連れて、部屋へと戻っていた。

「……バジル様。どうかしましたか？」

「べつに」

こっそりと覗《のぞ》くと、座ってるユリーの膝《ひざ》の上に顔を埋め込んで拗《す》ねている息子の姿が。

そんなバジルの様子に、はてと思いつつも、愛おしそうによしよしとバジルを撫《な》でるユリー。

そのなでなでに少し機嫌をよくする息子。

「……ねえ、カリス。私久しぶりに暴れてもいいかしら？」

「ダメです」

先程屋敷に着いたのか、バジルの顔を見に来た母上もその様子を目撃して修羅場になりそうだったので制しておく。

全く、我が息子ながら女たらしの才があるのかも。

俺に似ずモテ男になるかな。

とりあえず大切な人を悲しませるような男にはならないように俺もきちんと親として色々と教えるとしよう。


末っ子オニオンは我が子ながら不思議な子だ。

天真爛漫な様子はミントを彷彿《ほうふつ》させるが、ヤンチャという訳ではない。

大人しいところはローリエみたいだが、バジルのように特定の人物にベッタリという訳でもない。

「おとしゃん。これよんで」

「ああ、分かった」

オニオンは本を読むのが好きなようで、書斎……というか、図書館のような規模のそこによく出入りしている。

この歳《とし》でかなり文字を読めるらしく、ローリエ並みの神童《しんどう》だと親バカながら俺は思ったものだ。

そのオニオンは自分で読むのも好きだが、こうして読み聞かせをされるのも好きらしくたまにこうしてねだりにくる。

可愛いお願いにほっこり。

「カリス様。オニオン様は天才ですよ」

「知ってる」

ある日、当たり前のことを言うジークにそう返すと呆《あき》れ返《かえ》った顔をされる。

「せめて話を聞いてから答えてください」

「何かあったのか？」

「ええ」

話によると、先程出入りの商人が新しく入った美術品を何点か持ってきたらしい。

「どれも素晴らしい品だったのですが、やってきたオニオン様が一つの絵画を見て仰《おっしゃ》ったんです」

『これ、にせもの』と。

「調べてみると、私や商人も気づかないくらいの精巧な偽物でした。出所も確認してすぐに取り押さえたので出回ることはないでしょう」

「なるほど。オニオンはなんて？」

「一応、理由を尋ねたのですが……『ぜんぜんちがうもん』と仰いまして」

我が息子ながら凄いな。

屋敷に入れるほどの出入りの商人は信頼も勿論だが、その目利きも一流だ。

我が家の鬼執事のジークもその点はかなりの審美眼を持つ。

その二人すら欺《あざむ》いた偽物を一目で見抜くオニオン。

将来大物になりそうだ。

「すぐにでも絵の講師を手配しますか？」

「オニオンが望んだらだ。それにあの子の道はあの子が決めること。その手助けをするのが親の役目だ」

「……そう仰ると思ってました」

呆れた様子のジーク。

分かってるなら聞くなよ。

後日。

「オニオン。絵に興味ある？」

「ない」

「そうか」

「でも、きぼりのくまさんほしい」

「分かった。すぐに用意するよ」

「ありがと、おとしゃん」

ニコニコと膝の上に乗ってるオニオンを見て、まだまだ子供なのだなぁと微笑《ほほえ》ましくなりつつ木彫りの熊というチョイスの渋さに感心する。

ウチの子は皆優秀だね。

「指輪を贈りたいんです」

セリュー様からそんな相談を受けた。

無論、セリュー様が俺に指輪を贈りたいということではない。

「婚約指輪ということですか？」

「はい」

真剣な表情のセリュー様。

その意味を分かった上で言ってるのだろうが……急に言い出すのでビックリした。

セリュー様とローリエは表向きには婚約者だ。

実際には婚約者（候補）のままの関係にして貰っているが、婚約者に婚約指輪を贈りたいというのは間違ってはいない。

ただ、互いの感情をある程度把握してるからこそびっくりしているのだ。

セリュー様からローリエへの想いは恐らくほぼ確定だろう。

ローリエは可愛いし優しいからね。

ただ、セリュー様自身はその自分の感情にきちんと気がついてはいなかった。

今も目を見てると分かるが、完全に気づいてる様子はないと思う。

その原因の一部は俺なんだが……まあ、それは一先《ひとま》ず置いておくとして。

ローリエからセリュー様への気持ちは……うーん、微妙というところか。

悪くはない。

むしろ普通に考えると良い方だと思うが、恋だ愛だにはまだなってない。

なれそうな目はあるが、それを考えると俺が寂しくなる。

お父さん心は複雑なのだ。

さてと。どうしたものか。

「セリュー様がそれを望むのなら問題ないかと。ただ、それを贈られるということはローリエを選ぶということを正式に知らしめることにもなります。それは分かっておりますね？」

「……はい。まだまだ未熟なこの身ですが、覚悟の一つとして贈らせて貰いたいのです。この国を――ローリエ嬢を幸せにするという覚悟を」

まるでプロポーズのようだが、それを俺に言うのはどうなんだろうか。

とはいえ、本人は本心を言ってるのだろう。

恋心に気づいてないのにプロポーズをする。

セリュー様の真面目さによってカオスなことになっているが、目を見ればその本気の気持ちは痛いほど伝わってくる。

「……分かりました。機会は作ります。ローリエが受け取るかどうかは私の関与するところではありませんが」

「感謝します。それと――できれば、フォール公爵にお願いが」

「何でしょう？」

先程までの様子から一転して、もじもじとしてからセリュー様は意を決したように言った。

「な、名前で呼ばせて貰いたいんです！　フォール公爵のことを。ミゲル達みたいに」

……あの、セリュー様。

指輪の話よりもそちらの方に緊張してるのは如何《いかが》なものかと。

「構いませんよ。お好きに呼んでください」

そう言うとパァと顔を輝かせるセリュー様。

「で、では……カリス……様……」

恥じらう乙女のような感じで言われる。

致命的に何かを間違えてる気はするが、本人は至極幸せそうなので無粋なことは言うまい。

それにしてもローリエに婚約指輪か……受け取った報告を受けたらその日はサーシャに優しく慰めて貰うとしよう。

公国の件から約一年ほど経《た》つ頃。

ローリエの十三歳の誕生日のその日、セリューはローリエと二人きりの時間を作ってもらった。

「改めて、お誕生日おめでとうございます。ローリエ嬢」

「ありがとうございます、セリュー様」

セレナ特注のドレスを着ているローリエはいつもよりも大人びており、無意識にではあるがセリューはその姿に見《み》惚《と》れてしまう。

「どうかなさいましたか？」

「いえ。それは姉さんのドレスですね」

「はい。セレナ様に作って頂きました」

「姉さんが毎度すみません……」

着せ替え人形のようにローリエにお洒落《しゃれ》させる姉の姿を思い浮かべて苦笑気味にそう謝るセリューだが、そんなセリューにローリエはくすりと笑って答えた。

「いえ。お姉様がいるみたいで楽しいので」

「そうだったら嬉しいです」

そう言ってから、少し無言の時が訪れる。

準備はしてきた。

セリフも考えてある。

なのに言葉にするのに凄く時間がかかる。

（なんでだろう……変な音がする……）

緊張か、はたまたローリエの姿への反応かセリューは自身の胸の高鳴りがやけに大きく感じる。

そんなセリューの様子を見て、ローリエは優しくその手を取った。

「ローリエ嬢？」

「すみません。でも、何だかセリュー様がお辛《つら》そうだったので」

「そう見えましたか？」

「言《い》い難《づら》いことか、言うのが怖いことを話す時の顔をしてましたから」

「そんな顔してましたか？」

「はい。そう見えました」

それは確かな時間、婚約者として過ごしてきたからこそ分かるようになった変化だ。

ローリエはセリューの何気ない様子に、セリューはローリエの何気ない様子に気づけるくらいには二人は時を同じくしてきた。

「私は逃げませんから、ゆっくりセリュー様のお言葉を聞かせてください」

セリューはその言葉と笑みに更なる胸の高鳴りを感じる。

それと同時にローリエの取ってる手を通じての温もりとその笑みに落ち着く自分もいた。

(ありがとうございます、ローリエ嬢)

セリューはゆっくりと、懐からそれを出すとローリエに見せた。

「指輪ですか?」

「はい。贈らせて欲しいのです――婚約者として」

その言葉にローリエは驚いたような表情をしてから、ニッコリと微笑み頷《うなず》く。

「分かりました。有難《ありがた》く受け取らせて頂きます」

その返事に安堵《あんど》してからセリューはそっと跪《ひざまず》くと、ローリエの左手を優しく取って、その手の薬指にそっと指輪を嵌《は》めた。

「僕はまだまだ未熟です。でも、いつかフォール公爵――いえ、カリス様のようなカッコイイ男になります。だから――」

そう言ってセリューは真っ直ぐにローリエを見つめて心からの言葉を紡いだ。

「これからもどうか、貴女《あなた》の隣に立たせてください——ローリエ嬢」

真っ直ぐなその視線と決意のこもった言葉にローリエは一瞬息を呑《の》む。

同時に、その真っすぐな瞳に視線が吸い寄せられる。

その綺麗な瞳に映る自分の姿——その顔が赤く見えたのは反射のせいかそれとも。


ローリエは指輪を受け取ったらしい。

左手の薬指には意匠の凝った指輪があり、たまに見て微笑んでる姿を見かける。

指輪を気に入ったというのもあるのだろうが、きっと無意識な気持ちもこもってるのだろう。

ラブコメならラブラブなのにくっ付いてないカップル的な。

ローリエの方はそれ程でもないが、セリュー様を見てると『早くくっつけよ！』と思わなくも……いや、やっぱりもう少し時間ください。

お父さん寂しいから。

そんな感じであれこれやってサーシャに慰めて貰ったからか、はたまた公国の件でサーシャに存分に癒《いや》して貰ったからなのか。

サーシャ懐妊が発覚した。

まだ初期だけど、ほぼ確定のようだ。

「また賑《にぎ》やかになるね。ありがとう、サーシャ」

「いえ。旦那様が沢山愛してくださったからです」

そう照れながら言われるとまたしてもイチャイチャしたくなってくる。

子供が産まれてからも俺のサーシャへの気持ちは減るどころか増すばかり。

夫婦円満を超えて、ラブラブは加速する。

本当にサーシャは天使だと思う。

いや、女神か。

「今度は男の子かな？　女の子かな？」

「ローリエはもう一人くらい妹が欲しいみたいですね。ミントもですが」

そういえばミントが前にプレゼントに『妹が欲しい！』とか言ってサーシャを困らせてたな。

俺が頑張ると言ったらサーシャが照れて可愛かったなぁ。

「些細なことだろうと何でも言ってよ」

「旦那様は優しすぎます」

「嫌かい？」

「……いえ、とっても嬉しいです」

隣に座ると、肩に頬《ほお》を寄せてくる妻が可愛くて思わず肩に手を回してしまうが、サーシャが更に嬉しそうにするのがまた可愛い。

「……あの日、旦那様が無事に帰ってきてくれて凄く嬉しかったんです。帰ってこないんじゃないかと不安だったので」

ポツリとそんなことを言うサーシャ。

皇帝とのバトルの前のことだろう。

「約束しただろ？　必ず帰ると」

「はい、信じてました。でも、不安なものは不安だったんです」

「それはすまないことをした。何かお詫《わ》びをしないとね」

「……では、おねだりしてもいいですか？」

「何なりと」

そう言うと、サーシャは少し恥ずかしそうにしながらもそっと、口付けをしてきた。

素面《しらふ》で昼間なのにサーシャからとは珍しいが、当然俺もそれに応える。

「ん……これがおねだりです。はしたなかったでしょうか？」

「いいや」

そっとサーシャを抱きしめて囁《ささや》く。

「もっとサーシャを愛したくなってきた」

その言葉にサーシャは顔を赤くしつつも、受け入れる様子を見せる。

夫婦水《みず》入《い》らずの時間は凄く大切だ。

だからこそサーシャをこれでもかと愛する。

無論、妊娠してるので無理なことはしないけど。

可愛い妻に癒されて今日も俺は頑張ってます。

子供も増えるし、楽しみだらけだ。

ローリエはこの歳《とし》で新しい妹弟《きょうだい》が増えるから複雑かなぁと思っていたけど、かなり喜んでいた。

ミントも妹ができると大喜び。

妹確定演出ではないよ？

バジルもオニオンも新しい家族に喜んでくれてるし、俺も凄く楽しみだ。

本当にサーシャには感謝しかない。

その感謝はちゃんと形にする。

そうして永遠にイチャイチャしちゃうんだけど……まあ、サーシャが可愛いから仕方ないよね。


春、出会いの季節。

ローリエは十五歳の誕生日を迎えて、今年から学園に入る。

そう、乙女ゲームの物語の舞台に通うことになるのだ。

だが、同じ学園でも中身は違う。

経営権は俺に移り、健全に生徒が育つ環境にして、学べる学問も増えた。

最近は薬学の授業が人気になりつつあるようで、もっとジャンルを広げたいところだ。

子供の未来の選択肢を増やすために学問の幅は広ければ広いほどいい。

違う点は他にもある。

ヒロインのアカリが学園に通わず、ローリエの侍女として付き添う形になったのだ。

ヒロインを侍女にしただけでも驚きだけど、そのヒロインと親友になるうちの娘は更に凄い。

一応、アカリに学園に通うか確認はしてみたんだけど、『ローリエ様の付き添いの方がいいです～』と学生になるのは断られた。

攻略対象のセリュー様達は学生として通うけど、ゲームに近い容姿になってきたのに中身はかなり違う気がする。

健全に育ってるならＯＫか。

そして学園において最も違う点がそう——制服の導入である。

「お父様、どうですか？」

セレナ様とデザインした制服を着てくるりと回ってみせるローリエ。

正直可愛すぎる。

「うん、凄く似合ってる。世界一可愛いよローリエ」

「えへへ。ありがとうございます」

そうして頭を撫でるが、背丈が大きくなってきたから撫でる位置が変わってきた。

セリュー様程変わってはいないけど、成長を実感する。

大きくなったなぁ。

「ローリエ」

「はい、お父様」

「お前はフォール公爵家の娘で、セリュー様の婚約者だ」

「その通りです」

「だが、それ以前に俺とサーシャの大切な娘だ。だからこそ、好きなことを好きなだけ学

んできなさい」

「お父様……」

「立場もあって大変だろうが、私はお前を心から愛してる。お前の進む道を私は全力で応援する。だから——自信を持ってこの先を歩きなさい」

「——はい！　お父様！」

ギュッと抱きついてくるローリエ。

「お父様。大好きです」

「ああ。私もローリエが大好きだ」

「えへへ。お父様、お父様」

まだまだ甘えん坊な我が娘だが、普段頑張ってるのだからこんな姿を見せてもいいだろう。

なお、学園は屋敷から通える距離にあり、毎日馬車で通うことになるのでローリエが学園に通う以外に生活に大きな変化はないのだが、気にしない。

寮も作ってあるが、屋敷が近いしローリエもこちらの方が休めるだろうしね。

ローリエ自身も寮よりも屋敷で家族の時間も大切にしたいようだし。

さて、打てる手は全て打った。

妻と娘に愛情を注ぎまくって、新しい家族も作って、学園を整えて、国を整えて、攻略対象達が健全に育ってきて、何故《なぜ》かセリュー様が俺に憧れて、転生者のセレナ様と協定を結んで、ヒロインも拾って、ローリエと親友になって、大帝国の野望も砕いて——思えば遠くにきたものだ。

だが、ここから先は俺も知らない道ばかりだろう。

ローリエがこの先をどう歩くのか——親として支えつつ見守らせて貰おう。

時に過保護になるのは仕方ないということで。

『元』悪役令嬢の父親は妻と娘と家族を溺愛《できあい》するだけさ。

愛娘《まなむすめ》の行先に幸あれ——。

番外編 一 鍵の意味と選んだ答え

公国の件のあと。

どこかの皇帝が城を消し飛ばしたせいで色々と大変みたいだが、地下の宝物庫《ほうもつこ》や重要書類なんかはなんとかなったらしい。

城で相手した騎士も大抵は俺が気絶させて念の為に外に放り出したので、怪我《けが》こそあっても死者は出てないそうな。

少ない死者の中で、皇帝を除くと一番おかしなのが腹心の部下の死だが、それは皇帝の言う通りな気がするので問題ではない。

ただ、城が崩壊したことでおかしなものを見つけてしまったらしい。

「それがそれだと？」

「らしいねぇ」

ザインが持ってきたのは小さな金属製の箱だった。

「持ち出してきて大丈夫だったのか？」

「坊ちゃんに許可は貰ってるよ。中身は好きにしていいらしいよ。何なら破壊してくれてもいいって」

「余計な面倒事は避けたいって訳だ」

「そういうこと」

新しく公王になったライオネルは公国の復興に忙しい。

訳の分からないものに時間は割《さ》きたくないし、できることなら関わりたくもない。

(だからと言って持ってこられてもな)

俺だって面倒事はごめんだ。

だが、皇帝の残した何かだったり、大帝国時代の厄介なものだと困る。

仕方ないな。

「私の元にこの状態で届いたということは開けられなかったし、壊せなかったのか」

「どんな方法でも傷一つつかなかったね。僕の技でも力でも無傷だったよ」

ザインの腕は確かだ。

この大陸屈指と言ってもいい。

実力だけなら俺に一番近い強さでもあると思う。

カリスさんを人類としてカウントするかについては是非があるだろうが、俺は奥さんが愛おしすぎるだけのただの愛妻家で自分の子が可愛《かわい》くて仕方ない親バカな父親でしかないから。うん。

そのザインでダメなら誰も傷一つつけられないだろう。

「開ける方法は？」

「かなり特殊なものみたいでね。帝器《ていき》のようなもので鍵がないとどうにもならないんじゃないかってことみたい」

ピッキングなども無理と。

鍵を使った正式な解錠しか手段はなさそうという訳だ。

しかしこの鍵穴、このサイズ感。

何かデジャヴを感じる。

はて、なんだろうと考えて一つ考えがよぎる。

「……そうか。ひょっとして」

「何か分かったの？」

もしやと思い、懐から俺は一つの鍵を取り出す。

それは、以前領地にてローリエが見つけた地下遺跡の隠し部屋でのこと。

そこで俺は大帝国のことや帝器の存在を匂わせるものを見たのだが、その部屋に入ってから鎧《よろい》武者《むしゃ》と戦った。

その戦利品として意味深な言葉とよく分からない鍵を貰ったのだが、何の鍵だか分からないので何となくいつも懐に忍ばせていたのだ。

鍵穴に合わせるとぴったりと入る。

ゆっくりと回り、カチリと音がしてロックが解除された。

「あれ、鍵持ってたんだ」

「これのための鍵とは知らなかったけどな」

さて、このまま開けていいものか……よし。

「ザイン。これから山登りしてくるけど付き合う？」

「うーん。結果だけ聞ければいいかな。適当にブラブラしてるから終わったら教えてよ」

「分かった」

何があっても大丈夫なように装備を整えてから、俺は一人山を登る。

周囲に被害が出ても大丈夫なようにできるだけ高い山に登ってその山頂で開けることにしたのだ。

いつもの山では少し心もとないか。

ならば、大陸最大級の山に挑戦してみよう。

そんな軽い気持ちで挑んだ結果、初記録は約十分。

いつもよりも標高が高いので少し寒いけど、たまには違う山も良いものだ。

そう思いながら、周りを確認して金属製の箱をゆっくりと開ける。

すると、そこには小さな宝玉が入っていた。

「対皇帝用の必須アイテムだったら流石《さすが》に遅すぎだけど、はてさて」

そう思いながら、そっと宝玉に触れる。

すると、世界が一変した。


（これは……さっきの宝玉の力か）

周りの景色が切り替わり、俺は不思議な白い空間に佇《たたず》んでいた。

大自然からこんな場所に移動したとしたら転移とかそういう系か、はたまた精神のみ飛ばされたのか。

何《いず》れにしても帝器というとんでもテクノロジーの産物には参る。

『わっ。お客さんとは珍しい』

不意にそんな声が聞こえる。

だが、姿は見えない。

『ここに来られたってことは条件を満たしてるってことだね。結構結構』

女性の声だろうか？

それも結構若めの人。

「失礼だがここはどこだろうか？　説明を頂けると助かるが」

『あー、確かにそうだね。ごめんごめん。とりあえず話しやすいように姿を映すね』

そう言うと、目の前にゆっくりと輪郭《りんかく》を現していく。

二十歳《はたち》前後の女性だろうか？

服装は白衣で研究者という感じの出《い》で立《た》ちだ。


「おはよう、あるいはこんにちは、はたまたこんばんはかな？　ともかくいらっしゃい。自分の名前はマツリ。帝器の開発者だ」


どこか気取ったようにそう挨拶をする女性。

帝器の開発者か。

これまた予想外のものがでてきたな。

「私はカリス・フォール。家族を愛する夫であり父親だ」

「カリスくんね。覚えたよ。でもここに来られたってことは君はただのカリスくんじゃないよね？」

「何が言いたい？」

「君は二度目の生でその名になったんじゃないかってこと。転生してるんでしょ？」

見透かしてるようにそう断言するマツリ。

「だとしても、今の私はカリスだ」

「ふーん。前の人生に未練はないの？」

「どう死んだかも分からないからな」

「あー、記憶が欠落してるのか。だとしても全く気にしてないのは凄いね。普通気になるでしょ」

「まあ、何も思わないと言えば嘘《うそ》になるだろう」

妹や弟がどうなったのだろうかとかは少し興味があるが、それはそれだ。

「今守りたいものがある。ならそれを全力で守るのが俺のするべきことだ」

そしてサーシャやローリエ、家族を愛《め》でる。

これに限る。

「中々ユニークなのが来たね。でもそれくらいじゃないとあの人は止められないか」

くすりと笑ってから、手元を弄《いじ》るマツリ。

何かウィンドウでも弄ったのか、一瞬で近くにテーブルと椅子、お茶とお菓子が出てくる。

「まあ、詳しくは腰を落ち着けて話そうか。君がどんな状態でここに辿《たど》り着《つ》いたのかも聞きたいし」

「ふむ、いいだろう」

こちらとしても気になることはあるし、聞けるのなら望むところだ。

まあ、本音を言えば面倒事はごめんだが、避けて通れない以上は仕方ない。

そう思って、椅子に座るとティーカップに手を伸ばす。

「粗茶ですまないね」

「構わない」

「そうか。さて、それでだ。君は私の残した番人を倒して鍵を手に入れた。そして宝玉の入った箱を手にしてそれを開けた。その上で宝玉に触った結果ここにいる。ここまでの認識は間違ってないよね？」

「ああ」

向こうとしてもあくまで確認だったようで特に驚いた様子はないが、どこか感心したような表情を浮かべた。

「番人を倒すなんてやるね。帝器なしにあれを倒すのは結構難易度高いと思ったけど」

「まあ、強かったは強かったな」

人間には不可能な動きで普通の騎士では手に負えないだろうが、倒せないレベルではない。

「そっか。じゃあ、箱も簡単に見つけたってことだね。地下大墓地の場所は分かりにくかったろうに、やるね」

「地下大墓地？」

覚えのないワードが出てくる。

「あれ？　そこで見つけたんじゃないの？」

「いや。崩れた城の瓦礫《がれき》に埋もれてたって話だ」

「うーん、先に見つけた人がいたのかな。だとしたら地下大墓地の方はもう入れないか」

「入れない？」

「一人でも抜け出した瞬間に崩落するように仕掛けたからね」

……そういえば、かなり昔、どこかの国で大規模な崩落事故があったとかなかったとか。

それこそカリスさんの幼い記憶の中でのことなので曖昧《あいまい》だが、転生してからの記憶の中で一番近いのはそれな気がする。

それが皇帝の転生先の公国だったとは巡り巡って皮肉なものだ。

「さて、そうなると皇帝とはもう会ったのかな？　流石にまだ会ってないとは思うけど」

「それは転生した大帝国の皇帝にという意味か？」

「うん、それ。もしかしなくてももう会ってる？」

「先日倒した」

「……マジ？」

「マジ」

そう言うと、マツリはホッとしたように胸を撫《な》で下《お》ろした。

「イレギュラーではあるけど、倒したのなら良かったよ。本当はこれを手に入れてから皇帝と戦う手筈《てはず》だったし」

どうやら、彼女の段取りとは違うやり方で倒してしまったらしいが、特に問題ないようだ。

「一ついいか？」

「何かな？」

「皇帝の転生は意図的なものだったのか？」

「ふむ、というと？」

「貴女《あなた》は皇帝の転生に備えてこうして色々と準備をしていたようだが、皇帝本人と戦って本人の性格的に自ら転生したようには思えなくてな」

長い付き合いでもないし、分かりたくもないが、剣を交えると大抵の相手のことは見えてしまう。

だからこそ、皇帝のあの性格でわざわざ転生したとは思えなかったのだ。

「皇帝本人の意思に関してはそのつもりはなかったろうね」

「手引きした者がいたと？」

「狂信者の夢の跡ってところかな」

マツリには皇帝を熱狂的に慕《した》う同僚がいたらしい。

その同僚の作った帝器で皇帝は転生することになった。

ただ、それは不完全なものだったようだ。

「欠陥品もいいところでね。一度しか使えない上に、人ひとりを生贄《いけにえ》にする必要があったんだ」

その同僚は皇帝の転生のためにその身を捧《ささ》げた。

結果として皇帝は二度目の生を受けたという訳だ。

「『大帝国に繁栄あれ！』だったかな。信仰心も過ぎると厄介の種でしかないね」

「マツリはそれを知って色々と残したと？」

「止められなかった責任もあるしね。その時代のことはその時代の人間に託すべきなのは分かってるけど……大帝国を作るためには血を流しすぎるから」

皇帝は善人ではない。

悪人かと言えばそれも少し違う。

言うなれば暴君だ。

己の欲するままに動く。

大帝国時代、大陸統一には数多くの血が流れた。

悲劇の数もそれだけ多い。

「戦争ってそういうものだっていえばそうなんだけどね。でも、前の時代の人間がそうして引《ひ》っ掻《か》き回すのは違うでしょ」

その時代で似たようなことを別の者がやったとすれば、それは仕方ないが、自分の時代の故人がそれをやるのは止めるべきこと。

だからこそ、マツリはこうして備えたという訳だ。

「鍵と箱を手に入れて、この宝玉に触れて私から全てを知らされる。その上で皇帝との戦いに挑んで貰おうと思ってたんだ。まあ、アドバイザーってやつかな？」

「もっとも君はその手順すっ飛ばしてきたけどね」と苦笑するマツリだが……俺だって知ってたらそうしてたと思う。

知らなかったのだから仕方ない。

「私はほぼ全ての帝器の開発者で、皇帝にも詳しい。知識面でもそうだけど、皇帝と戦う前にあると便利なのが君が触れた宝玉。あれね、持ってるだけで帝器の力を無効化できる便利なものなんだ」

「それは凄い」

あの厄介な力を無効化できてれば、もっと簡単に倒せていたしな。

「皇帝は使えるものは何でも使う。だから帝器を積極的に使うだろうし、頼らないとダメなはずだと思ってたんだ」

「何か確信してる言い方だが……」

「戦ったなら分かったでしょ？　皇帝の化け物っぷり。生前はね、大帝国の基盤となる知識で最強の人間を作るっていう計画があったんだ」

それは遺伝子にまで手を伸ばす禁断の研究とのこと。

「私は知ってから嫌《けん》悪《お》してたし資料も全部捨てたんだけど、その最高傑作が皇帝って訳」

だが、話はそれで終わらない。

「その計画の最高傑作ってだけなら化け物で止まってたと思う。でも、それ以上に天に愛されてる存在だったんだろうね」

まるでそれを手助けするように皇帝は文字通り生まれた時から格が違ったようだ。

「人間の持ちうる限り全ての力を持ち合わせた存在が掛け合わされて生まれてしまった……ってところかな。要するに桁違いの存在が大帝国を作ったんだ」

その話で何となく言いたいことが見えてくる。

「転生後はそれらが無い状態になるからこそ、帝器で補うと考えた訳だ」

「そういうこと」

確かに、皇帝の動きは今世に合わせて控えめだった。

あれで控えめなのだから、全盛期には絶対戦いたくない存在という訳だ。

「皇帝の転生に備えて、新しい肉体を用意したりすることはしなかったんだな」

「そこまでは考えなかったんだろうね。奇跡的にも」

もしそうなってたら、確かに大変なことになってたな。

「これは答えなくてもいいが……皇帝との関係は帝器の開発者ってだけじゃないよな？」

「まあね。恋人、奥さん、妾《めかけ》……ようするに男女の仲だね。あれで可愛《かわい》いところがあって、寝る時は赤ちゃんみたいに寝るんだ」

その後に「寝るまでが大変だったけどね……」と、遠い目をするマツリ。

つまり夜が大変だったということだろう。

流石は皇帝と言うべきか。

「こちらからも聞くとしようか。彼はどう向こうに行ったのか」

その言葉に、俺は素直に答えた。

皇帝との間柄を聞いたからというだけではなく、ここまでして備えていながらも皇帝を案じてるようだったからだ。

だからこそ、皇帝の暗躍とその倒れ方まで全てを話した。

「……そっか。今度は満足して向こうに行けたんだね」

その話にマツリはどこかホッとしたように微笑《ほほえ》む。

「なら、ここでの私の役割も終わりでいいのかもね」

「そのことも聞きたかったんだが、この空間と目の前にいる貴女はどういう存在と捉《とら》えればいい？」

「この空間は箱に刻まれた帝器の力だよ。開けた時に一度だけこの空間に飛ぶことができるんだ。使い切りだけどね」

　つまり、別空間という訳か。

　つくづくオーバーテクノロジーだな。

「私の存在はそうだな……生前の心残りかな。残留思念とかでもいいかも。本人であって本人ではないもの。この空間に条件を満たした人が飛んだ時に一度だけ姿を現すように使い切りの帝器を使ってるんだ。プログラムって言い方でも分かるかな？」

　ほんと、一歩間違えたらＳＦ世界に転生してたのかもしれないな。

「君はこの世界以外から転生してきたんでしょ？」

「多分そうだな」

　大帝国時代の遥《はる》か過去が現代日本だったら分からないけど。

「だろうね。私の時代でも一人いたから」

「私がそうだと何故《なぜ》分かった？」

「それは上手く言えないかな。ただ、私の時代の転生者に似てたのもあるかも」

「似てるのか？」

「結構ね。その子は女の子でね。凄く情熱的な子だったんだ。まあ、その言葉で片付けられないレベルだったんだけど……」

　それはそれは。

　セレナ様みたいなのって認識でいいかな。

「まあ、君が転生者って予測には私の願望も含まれてたんだけどね」

「願望？」

「その子みたいに規格外に愛に溢《あふ》れてる人でないと、彼は止められないだろうってね」

　大帝国時代のその転生者は皇帝の目を逃れて辺境で人生を謳歌《おうか》して逝《い》ったらしい。

　スローライフとか羨《うらや》ましい。

「私や他のあの人の奥さんじゃ、本当の意味であの人の孤独は癒《いや》せない。その退屈もね」

　だからこそ、違う世界の存在でないと向き合えないだろうと考えたようだ。

「さてと——そろそろ時間かな」

　ふと見れば、マツリの体が透けてきている。

　それと同時に空間にも変化が起きつつある。

　ここに来た時を逆再生するように向こうに戻ろうとしてるのだろうか。

「本当は導く役目だったのに、君のお陰であの人の最期《さいご》も分かったし、本当に良かったよ」

「こちらこそ。色々知れて良かった」

「事後報告みたいなものだけどね。帝器や宝玉のことは君に全部任せるよ」

そう言うと、そっと透けてきている手で触れてくるマツリ。

その瞬間に、頭の中に古い地図と細かい帝器の分布まで出てきた。

便利なものだ。

「有効活用しようと、処分しようと好きにしてよ。もっとも君は使わないだろうけど」

「まあな」

争いの元になっても困るし。


「これでやっとあの人と同じ地獄に行けそう」


ポツリと呟《つぶや》くマツリ。

そうなって欲しいと祈ってるようでもあった。

その顔はどこか知ってる顔だった。

想い人を案じてるような、同じ場所に行けるように祈る乙女のような。

だからこそというのか分からないが、俺は思わず言っていた。


「皇帝によろしくな」

同じ場所に行くと思ってる気休めの言葉だが、その言葉にマツリは少し驚きつつも「うん」と頷《うなず》く。

すると、次の瞬間世界が反転して——気がつくと、俺は箱を開けた山の頂《いただき》まで戻っていた。

「うーん、ファンタジー」

そうとしか言えないけど、厄介事が増えなくて助かった。

帝器の件はあるけど、宝玉があればサーシャやローリエも安心だろう。

俺としては早めに帝器は処分したいけど……まあ、ゆっくりとだな。

時間がかかりそうだし、何より今日は疲れた。

「さて——同じところに行けてるといいけど」

そう言いつつ俺も山を降りて屋敷に戻る。

サーシャやローリエが恋しくなったからだ。

番外編二　セレナ様の学園生活

マクベスくんのいない学園生活の感想を一言で言えば『退屈』。

それに尽きる。

マクベスくんに制服姿を見せてメロメロにできるのは嬉しいけど、マクベスくんの制服姿も早く見たい。

ゲームには制服なんてなかったから、早く制服姿のマクベスくんを見て、触って存分に楽しみたい。

すっごくカッコよくて、すっごく可愛《かわい》いんだろうなぁ……うへへ。

まあ、制服のデザインは私が決めたから、マクベスくんに最高に似合うデザインにしたんだけど、やっぱり想像だけでは物足りないのよね。

採寸って名目でイチャイチャするのはもう少し先だろうしなぁ。

マクベスくん、最近一段と背も伸びて大人びてきた。

恥ずかしがり屋さんな所は全然変わってないし、寂しがり屋さんな所も全く変わってないけど、私の前でだけ見せる顔はキュンポイント凄く高い。

今度、制服デートでもしようかしら。

ゲームのマクベスくんは私服というか外行きの貴族っぽい服だったし、そっちはそっちで良かったんだけど、制服はまた別の魅力がある。

学園支配の時に手を貸した甲斐《かい》があったわ。

汚職にまみれていた学園はフォール公爵の手腕でかなり変わった。

テスト段階な部分もあるけど、私で試そうとしてるのは良い度胸よね。

こちらにもメリットがあるからいいけど。


最近になって学園で大きく変わったことと言えば……そうね、制服以外だと学べる学科が増えたことと、部活かしら。

これまでになかった学問というか、ジャンルが増えつつあって、将来的には大学みたいな感じを目指す構想のようね。

意外なことに薬学の人気が高くなってるけど、これは間違いなくローリエさん効果ね。

悪役令嬢として、元々あったカリスマが良い方向に育った結果、ローリエさんはセリューの婚約者としてその地位を意図せず磐石《ばんじゃく》にしている。

前に嫌がらせのために自派閥で固めたパーティーを開いてそこにローリエさんを招待した令嬢がいたのだけど、アウェーの中それは見事な振る舞いで逆にローリエさんが彼女達を魅了したらしい。

父親の影響でしょうね。

あの父親、無駄に外面は良いから。

その時にローリエさんはとある令嬢が嫌がらせで渡してきた青汁と薬草入りの苦い飲み物を平然と飲んで、その効果を知ってた令嬢を褒めたということがあったみたい。

それをきっかけに何となく選んで、学ぶという生徒が出て、実用的だと判断されて人気になって来たのね。

無意識にでしょうけど、父親の手助けをしているその親孝行っぷりは本当に大したものだ。

薬学の他にも理事長フォール公爵の伝手《つて》で徐々に色んなジャンルの授業が増えてるけど、私が最も有意義だったのは多分、女子生徒のみ参加できる特別授業だったと思う。

男子禁制、他言無用のその授業内容は『夫婦円満になれる夜の過ごし方』。

ようするに夜伽《よとぎ》関連の授業だ。

実技は無論一切なく、座学のみだけどマクベスくんのために覚えておいて損は無い。

結婚後になるだろうけど、あれこれとマクベスくんとの夜を考えると妄想が捗《はかど》る。

ちなみに男子のみの特別授業もあるみたい。

フォール公爵によると女子禁制、他言無用そっちも実技はなしのあくまで知識と経験談を語ることになってるようだ。

まあ、この手の話はデリケートだから実技は難しいだろうし仕方ないけど、性教育は確かに必要だと思う。

子供の倫理観を育てる一環もあるのでしょう。

私としては、プロから直《じか》に話を聞けたのは大きかった。

立場上、そういう場所には流石《さすが》に入れないし、マクベスくんにおかしな勘違いをさせたくないしね。


それと部活の導入はかなり思い切ったと思う。

スポーツ、芸術からはじまり、前世にあったような学校の部活動はある程度網羅してるみたい。

これまでなかったスポーツを授業の体育で体験して、ハマった人は部活に流れていってるようだけど、野球やサッカー、バスケを一般の娯楽にすることで新しい仕事を増やすという意味もあるようだ。

とはいえ、段階を踏んでなるべく混乱が起きないように注意してるようだけど。

その辺を間違えるようなヘマはしないでしょう。

スポーツは男子の活動が盛んだけど、女子もかなり流れている。

お淑《しと》やか、上品を宗《むね》とする令嬢や淑女《しゅくじょ》たらんとしている女の子達を無理に参加させることなく、かつ自然な形で運動を日常へと取り入れているのは大したものだ。

ダンス以外で体を動かせる機会が少なかったから、余計にそうなのでしょう。

広告塔になってる私としても、見学に来たマクベスくんにポニーテールで運動してる様子を見せてギャップも狙える。

芸術方面も、授業として音楽や美術なんかを経てから部活という感じに流れてるけど、こちらはスポーツよりは穏やかだ。

ただ、意外と女子の比率に及ばずとも男子も興味を持って来る人は多いみたい。

堂々と趣味の絵を描ける、堂々と趣味の音楽を嗜《たしな》めるというのはかなり大きいようで、そこから交友関係が広がったりもしてるみたい。

この先更に増えていくのでしょうけど、あの公爵様の考えとしては子供達の教育の幅を広げるための一環でしかないのでしょうね。

学園祭が近づいてきた。

「セレナ様。文化祭お店出します？」

恒例になりつつある学園祭だけど、今年から生徒の出店もＯＫになった。

「私は遠慮しておくわ」

「えー。勿体《もったい》ないですよー。セレナ様が出したお店は絶対凄いって皆期待してますからー」

「アンは儲《もう》かるから出させたいだけでしょ？」

「バレました？」

これでも交友関係は広い方だけど、学園で一番近くにいるのはアンという平民の少女だ。

何かと学科が被るので、よく私についてくる。

お金に目がなくて、面白い子だけど多分卒業したら会わなくなるタイプだと思う。

「それに、私は学園祭は楽しむ側に回るから」

「あ、婚約者さんとデートですか？　ラブラブですねー」

「ふふ、いいでしょ？　アンは良い人いないの？」

「お金になりそうならどんな人でもウェルカムですよー」

ご令嬢だったら、政略結婚とか喜んでしそうなタイプね。

商人の娘とかでもそうだったろうけど。

「そういえば、今回は公国の人も来賓に来るって噂《うわさ》。本当なんですかね？　つい最近まで戦争してたのに」

「さあ、どうなのかしらね」

知ってるけどはぐらかす。

うちの国と公国はつい最近戦争があった。

戦争というよりは決闘か蹂躙《じゅうりん》だけど。

公国の公王が王国に宣戦布告して、その後すぐに負けたという話。

事実は、公国の公王は転生者の皇帝様で、フォール公爵を敵にして楽しくドンパチやって討ち取られたってところかしら。

数万の精鋭の騎士を一人で倒したと言ってたかしら。

あとは、オーバーテクノロジーの帝器《ていき》とかいう兵器も相手にして一人で勝ってきたとか。

セリューやその後に変わった新しい公王のライオネルの手柄になってるけど、事実はあの公爵様の一騎当千の無双劇。

あの公爵様の話も流石にかなり広まってるけど、元から目立ってたから今更ね。

そういえばセリューが最近、『空を走る方法、もう少しで教われそうです』とか言ってたわね。

「あ、そうそう。新聞部の新しい記事見ました？」

「まだ見てないわね。何かあったの？」

「なんでも、サッカー部の顧問と料理部の顧問が結婚することになったそうですよ」

「あら、やっぱりそうなったのね」

前から噂はあった組み合わせだけど、遂《つい》にってことね。

ただ、驚いてる生徒の方が多いかもしれないわね。

サッカー部の顧問はとある貴族家の三男で、料理部の顧問は平民の女性って話だったけど、跡継ぎでなくても貴族家の三男と平民の女性の結婚というのは中々聞かない話だ。

（息子への手助け……という訳ではないのでしょうね）

サッカー部の顧問の実家には少し気難しい当主がいる。

顧問の性格からして、普通に話して納得して貰ったと言うよりも誰かが仲介したと考えるべき。

恐らく、仲介人はあの男でしょうね。

「凄いですよね、身分差の恋ですよ。憧れるなぁ」

「アンもそういうのに興味あるのね」

「そりゃあ、もちろんありありですよ。まあ、興味はあってもお金にならないなら意味はないですけど」

乙女なんだかリアリストなんだか。

学園祭は毎年出る店が変わってたり、出し物が増えたりして何度来ても新鮮な気持ちになれる。

「マクベスくん。ホットドッグ好きだったよね。食べる？」

「セレナ様がそう言うなら」

「分かったわ。一つくださいな」

「あいよ」

どこかで見た店主さんだけど、はてどこだったか。

あ、ひょっとして王都の下町のおじさんかしら？

向こうも覚えていたのかニヤリと笑っている。

凄いわね、出店できるようになったのね。

まあ、それはともかく。

「はい、マクベスくん。あーんして」

「……あーん」

もぐもぐと素直に食べるマクベスくん。

あー、もう可愛いなぁ。

「美味《おい》しい？」

「……とっても美味しいです」

「そう、なら良かったわ」

「でも、その……」

「どうかしたの？」

もしかして何か気に入らなかったのかと思ったら、マクベスくんはポツリと言った。

「セレナ様から食べさせて貰ったから……更に美味しく感じた気がしました」


——あー、もう好き！

「えへへ。マクベスくん」

「あんまりその、人前では……」

「いいじゃない。私の命令ってことで」

「……それなら仕方ないですね」

わざと胸を当ててマクベスくんをからかうのもいいけど、こうして普通にイチャイチャするのもまたいいわね。

「ねえ、マクベスくん。大人になってもこうして来たいね」

「……いえ、その時は多分違うと思います」

「違う？」

何が、と視線を向けると、マクベスくんは少し口ごもってから答えた。

「……子供とか」

キュン死にするかと思った。

マクベスくんとの子供なら何人でも産みたい。

「男の子と女の子、どっちが欲しい？」

そう聞くと、マクベスくんは「男の子の方がいいでしょう」と答えた。

家を継ぐ意味でかしら？

いえ、違うわねこれは。

「本当に？」

「……本当です。だって、女の子だと……」

「女の子だと？」

想像したのかぐぬっとなってからマクベスくんはポツリと言った。

「セレナ様に似た可愛い子だったら、嫁がせるのがその……嫌になるっていうか……」

キュンキュン。

きゃわわ。

マクベスくんが尊すぎて死ぬる。

「私もマクベスくん似の男の子だったら、悪いお姑《しゅうとめ》さんになっちゃうかも」

「セレナ様はそうなりませんよ」

「そう思う？」

「なんとなくですけど……優しい義母《はは》になりそう」

マクベスくんの中の私の評価が気になるけど、あの公爵相手の時よりもピュアだからそうなってくれてるはず。

「げっ」

ふと、立ち止まるとそう声を漏らすマクベスくん。

マクベスくんばかり見てると、いつもよりも視野が狭くなってるのかその声を聞くまで近くにセリューがいるのに気づかなかった。

セリューは今日は憧れのフォール公爵の末っ子、オニオンと屋台を巡ってるようだ。

護衛も近くにいるみたいだけど……凄いわね、相変わらず気配を感じない。

向こうも気づいたのか、軽く手を上げてから素通りする。

気を使ってくれたのだろう。

弟の成長にお姉ちゃん感動。

「セリューはやっぱり苦手？」

「……勝てる気がしないですね。それに一緒にいるとその……恥ずかしい姿を見せてしまうかも」

「私に？」

「……どうせならカッコイイところを見せたいですから」

こういう所も本当に可愛い。

でも、言うところはきちんと言う。

「その気持ちは嬉しいし、私もマクベスくんのカッコイイところを見たいけど、それ以外のマクベスくんもいっぱい見たいの」

「それ以外？」

首を傾《かし》げるマクベスくんの前に躍り出ると、その手を両手でぎゅっと掴《つか》んで私はとびきりの笑顔で言った。

「全部、ぜーんぶマクベスくんの全てが見たいの。大好きな人の大好きな全部を、マクベスくんの全てを私は見たいんだ。心から大好きな人だからね」

そう言うと、マクベスくんは私の笑顔に見惚《みと》れたように顔を赤くしてしばらく魅入《みい》ってから、視線をさ迷わせて軽く頷《うなず》く。

結婚まではこの婚約者としての関係を楽しみたいなぁ。

思えば、ゲームの好きからガチラブになるまで色々あったけど、これからもきっと色々あるのだろうなぁ。

あの公爵様との付き合いも当然あるけど、妹みたいな友達のローリエさんや可愛い弟のセリューの先も密かに楽しみ。

でも一番の楽しみはマクベスくんと紡《つむ》いでいくこれから先の全てかな。

前世から色々あれこれあったけど、今の私はセレナ。

第二王女で、転生者で——好きな人に想いを寄せてる普通の女の子。

未来の宰相《さいしょう》さんの奥さんだけど、たとえ立場がなくてもマクベスくんとならどんな道でも歩む覚悟がある。

心から愛してるしこれから先だってマクベスくん以外と一緒に歩む気はない。

運命ってことだね。

彼の全てを愛していて、彼に全てを愛されたい、そんな女。

あの公爵様ほど重くはないけど、マクベスくんなら受け入れてくれると確信してるわ。好きな人のことは何でも分かるからね。

番外編三　お花見

他国で桜に似た木を見つけたのが数年前。

せっかくなので屋敷に植えたのがその少しあと。

この時点で俺は結構気長に待つつもりだった。

物にもよるだろうが、前世で見たような満開の光景にはそこそこかかるだろうと思ったからだ。

ただ、そんな考えを飛び越えるように庭師の手によって世話をされた木はすくすくと育った。

あっという間なのは子育てと似てるかもしれない。

ソメイヨシノによく似てるそれは、かなり成長が速いようで、つい先日見頃になった。

桜が咲いたならやるべきことは一つだけ。

そう、春の行楽行事――お花見だ。

スケジュールを整えて、天気と桜の状態を考慮して家族でお花見をすることにした。

せっかくなのでお弁当も作った。

サーシャとローリエに手伝って貰って。

「ありがとう、二人とも。助かったよ」

「いえ。まだ不慣れですみません」

「凄く助かったよ。流石《さすが》俺の奥さんだ」

そう言うと嬉しそうにはにかむサーシャ。

うーむ、可愛《かわい》すぎる。

「ローリエも、ありがとうね」

「お父様とお料理凄く楽しいです」

「うん、俺もだよ。ローリエは本当に良い子だね」

「えへへ」

そもそも公爵家の夫人や令嬢が料理をできる方が稀《まれ》だしね。

サーシャやローリエは俺が転生してから、趣味に近い形で料理を覚え始めた。

立場的には必要ないスキルだけど、二人とも飲み込みが早いし手先も器用だからあっという間にかなり形になっている。

親子揃《そろ》って本当に器用だ。

その器用さを見ると、うちの子は皆その辺はサーシャに似てるのかもと思う。

良いことだ。

料理長の料理も良いけど、お花見は家族弁当でこそ映えるというもの。

まあ、そうでなくても良いんだけど、何となく俺の中ではそういうイメージだ。

前世の影響かな？

若干しか記憶に残ってないけど、前世の時は弟と妹と一緒にお花見だけは毎年していたようだし、その時も料理は俺が作っていた。

弟は手伝おうとしてくれてたかな？

妹は唐揚げを摘《つ》まみ食いしていた。

摘まみ食いで思い出したが、作ってる時にミントがちょろちょろと物珍しそうに動き回ってから出来たての揚げ物を摘まみ食いしようとしたんだよね。

流石に熱くて危険だから、ストップをかけて程よく冷めたのを渡して満足してもらったけど。

甘いって？　可愛い我が子に甘くなるのは仕方ない。

その分、しっかりする所はしてるから。


お弁当準備ＯＫ。

飲み物準備ＯＫ。

敷物準備ＯＫ。

お菓子準備ＯＫ。

その他諸々《もろもろ》の準備とセッティングも……ＯＫ。

よし、大丈夫だろう。

何か足りなくても屋敷は近いしね。

そんな訳で、家族で桜の木の下でお花見とあいなった。

「ほわぁ……」

ミントは満開の桜にあんぐり口を開けていた。

それから楽しそうに駆け回る。

一瞬で普通に戻った娘が微笑《ほほえ》ましい。

「お祖母《ばあ》様、ユリー、すごいよすごい」

「ええ、そうね」

「……そうですね、バジル様」

バジルは母上とユリーと手を繋《つな》いでそれを見て実にご機嫌だ。

大好きな祖母と大好きな侍女《じじょ》がいるだけでご機嫌なのは間違いないが、純粋に綺麗だと楽しげ。

しれっと母上が来てて、当たり前のように参加してるのはスルーで。

気がつくと可愛い孫に会いにきてるからこの人。

バジルを特別可愛がってるけど、ローリエやミント、オニオンも相当可愛がってる。

孫が増える度に毎年楽しげだけど、バジルが結婚したらサーシャではなく母上が煩《うるさ》い大姑《おおじゅうとめ》になりそうな予感がひしひしとする。

大丈夫なことを願いたい。

「じーじ、じーじ」

「ああ。綺麗だね」

たまたま来てて、母上の流れで参加することになった父上にオニオンはベッタリだ。

お祖母ちゃん子のバジルと比べると、オニオンはお祖父《じい》ちゃん子かもしれない。

父上は母上に比べるとこちらに来る頻度は少ない。

もっともあちらが多すぎるだけだが。

定期的に孫を可愛がりに来るからなぁ。

父上の場合は用事のある時だけにしてるようだけど、そちらの方が普通な気もする。

今さら母上に遠慮されるのもあれだけど。

さて、その母上をもう少し見習ってもいいくらいな父上の方について。

孫は普通に可愛いようだが、変なところで不器用なので接し方に未《いま》だに迷う時があるようだ。

だからというべきか、ミントのようにグイグイくるタイプや、オニオンのように気がつくと隣でニコニコしてるタイプには弱めだ。

まあ、オニオンの場合はセリュー様もやられてるからな。

弟みたいに懐いてるし、セリュー様も実の弟みたいに可愛がってる。

去年は学園祭に二人で行ってたな。

「お父様、お母様。凄く綺麗ですね」

ローリエはその光景を見ながら、俺とサーシャにそっと寄り添ってくる。

「ええ、そうですね」

そんなローリエを見て、サーシャは微笑ましそうに優しく頭を撫《な》でる。

母娘《おやこ》の絆が尊すぎる件について。

その光景に俺は内心でエモさを抱きつつ、表面上はにこやかに二人と一緒に桜を見るのだった。


敷物の上で、花を見ながら作ってきたお弁当を食べる。

「本当にいつの間に覚えたのかしらね」

それらのほとんどを俺が作ってることを知った母上に、呆《あき》れた顔をされる。

「お父さん、凄く美味《おい》しい」

「なら良かったよ。これはお母様とお姉様も手伝ったんだよ」

「そうなんだ。お母さんもお姉ちゃんもすごい」

バジルの言葉にちょっと照れるサーシャとローリエ。

「ねぇ、ユリー。ユリーも作れる？」

「……努力します」

「じゃあ、できたら最初は僕にね」

「……勿論《もちろん》です、バジル様」

「うん、約束。指切りね」

そう言ってバジルとユリーが指切りで約束をする。

相変わらず仲良いなぁ。

「バジル。これも美味しいわよ。はい、あーん」

「あーん……うん、美味しい」

「なら良かったわ」

その様子を見てちょっと複雑そうな顔をしてから、そうして孫を餌《え》付《づ》けする母上。

そんな母上の様子に仕方ないなぁという顔をしながら飲み物を口にしてはてと首を傾《かし》げ

たのは父上だ。

「カリス。これは酒ではないか？」

「……そのようですね。用意してきた覚えのないものがありますし」

子供達の多いこの場に持ってくる予定のなかったものだ。

誰が用意したのか。

「ジークか」

「だろうな。私に気を使ったという訳だ」

分かりやすく父上の元に置いてあるしそうなのだろう。

「じーじ、それおいしい？」

「オニオンにはまだ早い」

「そっか」

「代わりにこちらを飲みなさい。甘くて美味しいよ」

「うん、のむ」

父上がお酒をキープしつつ、オニオンに別のものを勧める。

父上はそこまで酒に強くないから途中で回収しておかないとな。

ミントやオニオンがうっかり飲みそうで怖いし。

そのミントはお肉を避けて野菜ばかり食べている。

ミニトマトが特にお気に入りだ。

「ミント、お野菜ばかりではなく、お肉も食べなさい」

「さっき食べたよー」

摘まみ食いのことだろう。

あの時は美味しそうに思えたので食べたのだろうけど、ミント本人はお肉類が苦手だからな。

「大丈夫。お肉残っても後でルグくんに持ってくから」

「それはダメだよ」

一応は他国から預かってるお客さんだし、王子様だし、残り物を渡すのはちょっとね。

まあ、ミントから渡されたらあの王子様は食べるだろうけど。

肉類大好きな男の子でもあるし。

「ミント、最近ルグラン殿下はどうですか？」

「ルグくん？　うん、元気だよ。いつもセリュー様に挑んで負けてる」

「そうなんですか」

サーシャはルグラン本人にはあまり会わないからな。

「あとね、大きくなったらお嫁さんにしてやるってよく言われるようになった」

……知ってはいても本人の口から言われるとお父さん複雑です。

まあ、ミント本人はその言葉に特に何とも思ってなさそうなので温度差がね。

「ミントはどんな人と結婚したいの？」

おっと、ローリエ。

それを聞くか。

「うーんとね。パパみたいな人」

その答えに合格と言いたげに頷《うなず》くローリエ。

……お父さん、照れちゃう。

「ふふ、旦那様はモテモテですね」

その言葉に微笑ましそうなサーシャ。

昔以上に子供達への接し方に余裕ができてるように思えるけど、年々サーシャは魅力的になってるからなぁ。

「ローリエは卵焼きが好きだったね」

「お父様のやつ、甘くてとっても美味しいです」

砂糖を入れたやつだな。

ローリエはそれを好んでくれてるようだ。

「なら良かったよ。沢山食べなさい」

「はい」

そう言いつつも、ちょっと何かを期待する目のローリエ。

その様子で分からない俺ではない。

「ほら、こちらも美味しいよ。あーんして」

「あーん」

食べさせてあげると、もぐもぐと美味しそうに食べてご機嫌になるローリエ。

妹弟《きょうだい》達の手前お姉ちゃんモードでいたいけど、甘えたい気持ちもある妥協点といったところか。

背伸びする様子が微笑ましいけど、年々それに無理がなくなってきてる。

本当に娘の成長に涙が止まらない。

立派になったなぁ。

「アカリも一緒に食べましょう」

「そうですね〜。では、お言葉に甘えて〜」

お使いを頼んでいたアカリが戻ってくると、そう誘うローリエ。

ローリエとアカリは本当に仲良しだよね。

親友って感じ。

「旦那様」

そっと、サーシャが俺の手に手を重ねてくる。

多分、意図してのものではなく無意識なやつだ。

隣にいる時に結構やるやつだけど、その無意識にドキッとさせられる。

「こういう時間は良いですね」

「そうだね」

子供達がはしゃぎ、家族としての時間を満喫する。

贅沢《ぜいたく》な時間だ。

「綺麗ですね」

「ああ、綺麗だね」

桜もそうだが、隣のサーシャも凄く綺麗だ。

そういう意味も籠《こも》った返事だとサーシャも分かったのか少し頬《ほお》を赤らめてそっと寄り添ってくる。


「きっと、今日この日のことも私はずっと忘れないと思います。旦那様とローリエと、ミントとバジルと、オニオンとお義母《かあ》様とお義父《とう》様とのこの幸せな時間を——また、新しい思い出が増えました」

心から幸せそうに笑うサーシャ。

そんなサーシャを軽く抱き寄せる。

「これからも増えるさ」

「そうだと嬉しいです」

「そうなるように俺がいる」

「……はい、信じてます。でも、たまには旦那様にも頼って欲しいです」

「いつだって、サーシャには頼りっぱなしさ」

子供達の手前、見せられない俺の一面もある。

俺だって一応は人間だ。

カッコイイところばかり見せられない時もある。

サーシャはそんな俺でも好いてくれてる。

どんな俺だろうと受け入れてくれる。

その優しさに何度も救われてきた。

無論、俺だって好きな人にはカッコイイ姿を見せたいので頑張るが……たまにはカッコ悪いと分かっていてもサーシャに甘えてしまう時もある。

聖母みたいな優しさを持つサーシャだからこそ俺も救われてるのだろう。

「サーシャ」

「なんでしょうか？」

ゆっくりと、俺は視線をサーシャに向けると心からの言葉を告げた。

「これからもずっと隣で俺と一緒に歩いて欲しい。俺の隣から子供達を見守って欲しい。愛してるよサーシャ」


そう言うと、サーシャはその言葉に「はい……」と頬を赤らめて頷く。

きっと俺は、死ぬまでサーシャに愛を囁《ささや》くのだろうなぁ。

死ぬまでか……。

「サーシャ」

「はい」

「生まれ変わっても俺は君をまた愛すると思う。そんな俺を君は許してくれるかい？」

そう聞くとサーシャはこくりと頷いて微笑む。

「私も何度生まれ変わっても旦那様と必ず巡り会います。何があっても旦那様の隣にいたいです」

願望ではなく、強い決意も含まれるようなそんな言葉。

こうして俺が転生してるのだからまた生まれ変わる可能性だってある。

でも、その時もまた俺はサーシャと必ず巡り会いたい。

何がなんでも妻にして添《そ》い遂《と》げたい。

欲張りだろうか？

でも、仕方ない。

それくらい俺は深く深く——サーシャを愛してしまったのだから。


日も傾く頃。

はしゃいで疲れたミントを屋敷に戻して、冷えないようにバジルを抱っこして連れていく母上とユリーを見送り、酔いつぶれた父上をジークが運び、ついでにそのジークに乗って屋敷に戻るオニオンを見送り、最後に残ったのは俺とサーシャとローリエの三人だった。

「お父様。お花見凄く楽しかったです」

「なら良かったよ」

家族でこうして花見をできて俺も色々と補充できた。

これで明日からも頑張れそうだ。

はらりと散って落ちてくる桜の花びらをローリエが手に取る。

「綺麗だけど、少し切ないですね」

「そうだね。でも、来年も咲くよ。今度は更に綺麗にね」

「じゃあ、来年も皆でお花見したいです」

「ああ、必ずしよう」

「約束です」

そう言って小指を出してくるローリエ。

そんなローリエに俺とサーシャは軽く微笑みあってから三人で小指を重ねて指切りをする。

「ここにいない、ミント達の分も含めて指切りだ」

そうして約束をすると、お姉ちゃんモードは終わりとばかりにローリエは俺の膝《ひざ》の上に座った。

「良いのかい？　外だけど」

「……最後くらいは、お父様とお母様に甘える時間が欲しいです」

そう言われたら断れない。

可愛い娘の頼みを断る気もないけど。

「お父様、お母様。我儘《わがまま》を一ついいですか？」

「なんだい？」

「……ぎゅって、二人で抱きしめて欲しいです」

可愛い我儘に俺とサーシャはすぐに応えると優しく二人で抱きしめる。


「……私もまたお父様とお母様の娘になりたいです」


ポツリとそんなことを言うローリエ。

さっきのサーシャとの話を聞かれてたようだ。

気づいていたけどね。


「ああ、生まれ変わってもまた私達の元に来て欲しいよ。愛してるよローリエ」


サーシャが同意するように優しくぽんぽんと背中を叩くとローリエは「うん！」と嬉しそうにはにかむ。

桜のせいかちょっとセンチメンタルな話になってしまったな。

「さて、もう少ししたら屋敷に戻ろうか」

「もうちょっとだけ……」

「分かってるよ。ローリエの気の済むまでこうしてるといい」

「お父様、ありがとう」

「こちらこそ、ありがとうだよ」

いつだってローリエは頑張ってくれてる。

だからこその言葉だったけど、ローリエは全てを分かってるように頷いてそのままそっと身を任せてくる。

しばらくすると安らかな寝息が聞こえてきた。安心しきってるのだろう。

「寝顔は変わらないね」

「いくつになっても私達の娘ですからね」

そんな可愛い娘をサーシャと愛《め》でると、俺はローリエを抱っこしてサーシャと一緒に屋敷に戻る。

少しでもリフレッシュになったのならいいけど。

でも、それ以上に頑張ってくれてるしもっと家族で安らげる時間を作れるよう俺も頑張ろう。

そう思いながら屋敷へと戻るのだった。

翌年から、お花見が定番行事になったりもしたが、それはある意味想定内かな？

その日の夜に夢を見た。
珍しいことに前世の夢だ。
桜の木の下で楽しげにお弁当をつつきあう妹と弟。
『お兄ちゃん、楽しかった？』
妹に聞かれる。
俺はどう答えたろうか。
多分、こう答えたろう。
『ああ。楽しかったよ』
そう答えると『そっか』と妹が微笑み、弟が頷く。
『お兄ちゃん。私達は元気だよ。お兄ちゃんはどう？』
前世の時の夢のはずなのに、まるでリアルタイムに問いかけられてるようだ。
だが、どうであっても答えは変わらない。
『元気だよ。好きな人と愛する家族と幸せだ』

そう答えると、妹は『うん、良かった』と笑い、弟は少し寂しそうに……でも、それ以上に嬉しそうに笑った。

すぅっと、意識が遠ざかる。

夢から引き戻されてるのだろう。

『お兄ちゃん――今度こそ幸せになってよね』

前に幾度も見たことのある、妹の悪戯《いたずら》っぽい笑みだ。

だからこそ、こちらも笑って言ってやる。

『今も昔も幸せだよ。そっちも元気でな』

何故《なぜ》そんなことを言ったのかは分からないが、満足そうな二人の様子を見られたのは良かった。

自己満足だけど。

起きると、サーシャとローリエとが俺を挟んで左右に寝ている。

幸せな感触に身を委ねて俺はもう一眠り。

さて――どんな夢を見られるかな。

起きたらまた、家族を愛でようと思いながらウトウトと浅い眠りへと入っていく。

二人も良い夢見てるといいな。

そう思いながらその夢に自分がいたらなお良いなと思う俺は強欲だろうか？

まあ、愛が重いのは今更か。

俺はカリス・フォール。

妻と娘と家族が大好きな夫でありお父さんだからね。

akuyakureijo no chichioya ni
tensei shitanode
tsuma to musume wo
dekiai shimasu 3

カリス
初めはかなり渋めの
キャラクターデザインだったカリスさん。
調整して今の姿に。
作中に登場する
カリスの衣装は2着。
サーシャ
作中に登場する
サーシャの衣装は6着。

ローリエ

作中に登場するローリエの衣装は11着。

成長した姿

セリュー

作中に登場する
セリューの衣装は5着。

成長した姿

セレナ

作中に登場する
セレナの衣装は2着。

成長した姿

あとがき

初めましての方は初めまして。

お久しぶりの方はお久しぶりです。

ｙｕｉ／サウスのサウスです。

夢にまで見た三巻がついに……ついに出ました！

二巻発売からかなり遅くなってしまいましたが（主に作者のせいですが）、無事出していただけて本当に幸せです。

ファミ通文庫様、担当様、本当にありがとうございます。

花染《はなぞめ》先生のイラストを再びこうしてお目にかかれて、最高に可愛いローリエ達がまた見られて本当に嬉しいです
さて、三巻の内容なんですが、ＷＥＢ版にはない展開を色々と盛り込んでみました。

正直、色々と「好き勝手やり過ぎた」って感じのカオスなものを出し切ってしまったのですが、流石はいつも頼もしい担当編集様。上手くまとめてくださって本当に尊敬しております。

カリスさんが人間離れしていくのはいつものことなんですが、それ以上に家族とのほの

ぼのとイチャイチャを書きたい欲が止まらなかったので、出し切ってしまいました。

いやー、やっぱりシリアスはマジで書けませんね、ほのぼの最高！

ラノベやアニメ、ゲームなんかでも家族の感動話とかに凄く弱くて、すぐに涙腺が弱くなるのですが、分かる方いらっしゃいますでしょうか？

旁国民的恋愛シュミレーションゲーム（〇〇は人生）と呼ばれるあれも、アフターの娘と父親パートで何度も泣きました。あれは神過ぎます。

自分にはシリアスが書けないし、文才も構成力もないので、読んでくださった方が「ほのぼの」できる、そんな作品になってればいいなぁ、といつも思って執筆しております。

何かと大変な現代社会、その合間にちょっとの癒しを（主にイラスト担当の花染先生による素敵なイラストを）お届けできていれば幸いです。

少し話は変わりますが、皆様は溺愛《できあい》お好きでしょうか？

自分は一途なラブストーリーが大好きなんですが、自分で書こうとすると、何故か毎回気が付くと主人公が変人になってるんですよねぇ。イラストのお陰でイケメン主人公なんですが、文字だけだと毎度変人になるので、きっとそういう呪いにかかってるのかもしれません。

でも、一途で浮気しない主人公って超カッコいいと思うんですよ。

ハーレム系とかも書いてるのにどの口がと思われるかもしれませんが、やっぱり一人を真っすぐ想う人は見てて大好きなんです。きっと、チート要素をなくせば変人度も下がるのでしょうが、どんな手を使ってもヒロインを守る頼もしさもいいものだと思います。

さて、この三巻が発売される頃にはきっと、『悪役令嬢の父親』関連でとある企画も発表されてる頃でしょうか？

そちらも凄く楽しみなので是非とも皆様もお楽しみに。

焦らす訳ではありませんが、やっぱりこういうのはドーン！　と発表したいという気持ちもありますので天の声（公式）からの詳細を是非ともお楽しみに。

さて、そろそろ謝辞をば。

まずは今回もイラストを担当してくださった花染なぎさ先生。

素敵なイラストをいつも本当にありがとうございます。

花染先生のイラストが届くたびに飛び跳ねて喜んでる作者ですが、本になってもう一度全て見て更に乱舞しております。

大げさや誇張は一切なしで、先生のイラストのお陰で本作は成り立ってると思っております。作者のせいで毎度無茶なスケジュールでイラストをお願いしてしまい、本当にすみません。それでも、毎度最高のものを仕上げて頂けて心より感謝しております。

いつも本当にありがとうございます。

そして、毎度ご迷惑ばかりかけている担当者編集様。

作者の誤字脱字だらけ＆とっちらかった原稿をスッキリとまとめてくださり、かつ困ったときに何かと頼りにさせて頂いて本当に感謝の気持ちでいっぱいです。

自分だけだと出てこない発想や着眼点に気づかせて頂いて、作品の事を誰よりも深く理解して下さっていつも本当にありがとうございます。

……あとがきの感謝の言葉が多すぎるかと思われるかもしれませんが、この数十倍感謝の気持ちでいっぱいなんです。

口下手で上手く言葉にできないのですが、今回も本当にありがとうございました。

関係各所の皆様も、こうして無事に三巻を出せたのは皆様のお陰です。

ありがとうございました。

そしてそして、本作を応援して下さっている読者の皆様。

皆様の応援のお陰で三巻まで出していただくことができました。

応援してくださる皆様に心からの感謝を。

溺愛最高！

では、この辺りで失礼します。

本作を読んで下さり本当にありがとうございました。

ではでは。

お買い上げ
ありがとうございます!!
2024.6.6

本書は、二〇二一年から二〇二二年にカクヨムで実施された「第７回カクヨムＷｅｂ小説コンテスト」で恋愛（ラブロマンス）部門〈特別賞〉を受賞した『悪役令嬢の父親に転生したので、妻と娘を溺愛します』を加筆修正したものです。

悪《あく》役《やく》令《れい》嬢《じょう》の父《ちち》親《おや》に転《てん》生《せい》したので、妻《つま》と娘《むすめ》を溺《でき》愛《あい》します 3

2024年6月30日　初版発行

著者	yui／サウスのサウス
イラスト	花染なぎさ
発行者	山下直久
発行	株式会社KADOKAWA 〒102-8177 東京都千代田区富士見2-13-3 0570-002-301（ナビダイヤル）
編集企画	ファミ通文庫編集部
デザイン	ムシカゴグラフィクス
写植・製版	株式会社スタジオ205プラス
印刷	TOPPAN株式会社
製本	TOPPAN株式会社

●お問い合わせ
https://www.kadokawa.co.jp/（「お問い合わせ」へお進みください）
※内容によっては、お答えできない場合があります。
※サポートは日本国内のみとさせていただきます。
※Japanese text only

ISBN978-4-04-737982-4　C0093
定価はカバーに表示してあります。